Jean Rhys

Lächeln bitte!

Unvollendete Erinnerungen

Aus dem Englischen von
Anna und Victoria Leube

Rogner & Bernhard

Titel der Originalausgabe:
Smile Please
Erstmals erschienen bei
André Deutsch Limited, London 1979

Satz: Maschinensetzerei Janß, Pfungstadt
Druck und Bindung: May & Co, Darmstadt
Printed in Germany

ISBN 3 8077 0183 4

Inhalt

Lächeln bitte

Lächeln bitte

»Lächeln, bitte«, sagte der Mann. »Nicht ganz so ernst.«

Er war rasch hinter dem dunklen Tuch aufgetaucht. Er hatte ein gelbliches, dunkles Gesicht und Pickel auf dem Kinn.

Ich sah hinunter auf mein weißes Kleid, das ich zum Geburtstag bekommen hatte, und auf meine Beine und die weißen Socken, die mir bis zur halben Wade reichten, und auf die glänzenden schwarzen Schuhe mit dem Riemchen über dem Spann.

»Achtung«, sagte der Mann.

»Halt still«, sagte meine Mutter.

Ich versuchte es, doch mein Arm flog wie von selbst nach oben.

»Wie schade, sie hat sich bewegt.«

»Du mußt stillhalten«, sagte meine Mutter und runzelte die Stirn.

Die Photographie, für die man sich entschieden hatte, stand in einem silbernen Rahmen auf einem kleinen Tisch unterhalb der Jalousien im Wohnzimmer unseres Hauses in Roseau. Es gefiel mir, daß sie einen eigenen

Platz hatte, nicht unterging zwischen den anderen Photographien im Zimmer, und es gab viele. Dann dachte ich nicht mehr daran.

Es war ungefähr drei Jahre später, als ich eines Morgens ganz in der Frühe in meiner Schulkleidung vor den anderen herunterkam und aus irgendeinem Grund aufmerksam die Photographie betrachtete; da merkte ich mit Bestürzung, daß ich nicht mehr so aussah. Ich erinnerte mich an das Kleid von damals, das so viel hübscher war als alles, was ich nun besaß, doch die Locken, die Grübchen mußten einer anderen gehören. Die Augen waren die einer Fremden. Der Zeigefinger ihrer rechten Hand war erhoben, wie zur Warnung. Sie hatte sich ja auch bewegt. Warum, wußte ich nicht, ich war das nicht mehr. Zum ersten Mal spürte ich, was Zeit war, was Veränderung und Sehnsucht nach der Vergangenheit. Ich war neun Jahre alt.

Als ich mich zufällig in dem hohen Spiegel sah, empfand ich Verzweiflung. Ich war ein dünnes Mädchen geworden, groß für mein Alter. Mein glattes Haar war streng nach hinten gekämmt und mit einer schwarzen Schleife zusammengebunden. Ich war blond, mit blasser Haut und sehr großen, erstaunt blickenden Augen von keiner besonderen Farbe. Meine Brüder und Schwestern hatten alle braunes Haar und braune Augen – warum fiel ich allein aus der Reihe mit meinen hellen Haaren, warum hatte man mich Gwendolen genannt, was auf Walisisch »weiß« bedeutet, wie man mir erklärte? Ich trug ein häßliches braunes Kattunkleid, die Klosteruniform, und vom Kopf bis zu den schwarzen

Strümpfen, die unordentlich um meine Knöchel rutschten, haßte ich mich.

In der Klosterschule war mir aufgefallen, daß manche Mädchen glatte, straff gezogene Strümpfe trugen, und schließlich nahm ich meinen Mut zusammen und fragte eine von ihnen, wie sie das zustande brächte. Sie antwortete in diesem ungeduldigen, unwirschen, geheimniskrämerischen Ton, den Mädchen untereinander manchmal an sich haben: »Deine Strumpfbänder sind zu locker.«

Ich lieh mir eine Nadel und einen kräftigen Faden, ging in den Raum, in dem wir unsere Hüte ablegten, und nähte einen breiten Abnäher in jedes Strumpfband. Nun saßen meine Strümpfe zwar noch immer nicht so glatt wie die mancher anderer Mädchen, doch immerhin ganz manierlich. Aber sobald ich heimkam, bemerkte meine Mutter die Veränderung und protestierte heftig dagegen, daß ich irgend etwas Anliegendes um die Knie trug; also mußte ich die Abnäher wieder auftrennen. Und meine schwarzen Strümpfe rutschten wie zuvor.

Von da an wurde ich eines der schlampigsten Mädchen in der Klosterschule. Nur eine war noch schlimmer als ich. Sie war Portugiesin und hieß Gussie de Freitas, ein furchtbar verlottertes Kind, das die Nonnen zur Verzweiflung brachte. Wenn ich den Hügel hinab vom Kloster nach Hause ging, hörte ich oft den höhnischen Ruf: »Gussie, Gussie!«

Gussie hatte, wie ich, lange, glatte, strohblonde Haare und Augen, wie die meinen geformt, aber schwarz. Sie versuchte, sich mit mir anzufreunden; vielleicht dachte sie, Außenseiter sollten zusammenhalten, doch ich war lieber als Außenseiterin auf mich allein gestellt und wollte nichts mit ihr zu tun haben, obwohl mir der Versuch, ihre Schlampigkeit noch zu übertreffen, ein perverses Vergnügen bereitete. Oft verlor ich mein Haarband und kam dann nach Hause mit Haaren, die mir ins Gesicht hingen, und mit tintenbeschmierten Fingern. Wenn ich montags ein sauberes Kleid anzog, war es dienstags voller Flecke und zerknittert. Eigentlich fühlte ich mich ziemlich elend, doch ich empfand einen trotzigen Stolz, wenn ich von Tag zu Tag wüster aussah. Trotzdem war ich immer darauf bedacht, ins Haus zu gelangen und mein Äußeres etwas in Ordnung zu bringen, bevor mich meine Mutter sah. Ich hatte Angst vor ihr.

Nie wieder betrachtete ich meine Photographie, doch ich dachte oft daran. Immer wieder fiel mir jenes magische Kleid ein. Man hatte es mir zu meinem sechsten Geburtstag geschenkt, den wir in Bona Vista verbracht hatten. Doch auch Bona Vista gab es nicht mehr.

Nachdem mein Vater einige wenige Jahre auf der kleinen westindischen Insel Dominica gelebt hatte, war er so optimistisch, zwei Grundstücke in den Bergen zu kaufen (damals sagte man dazu »Grundstücke«). Optimistisch insofern, weil er als Arzt ständig in der Stadt und deren näherer Umgebung zu tun hatte, und weil keine seiner beiden Erwerbungen ein einträgliches Geschäft war. Bona Vista, das größere Anwesen, war sehr schön, wild, einsam und abgelegen. Von den Fenstern des armseligen weißen Hauses aus konnte man eine Bergkette sehen: den höchsten Gipfel, Morne Diablotin, dann die etwas kleineren Berge Morne Anglais, Morne Collé und Morne Bruce. (In Französisch-Westindien heißen Berge »Mornes«, und Dominica war früher französisch gewesen.) Wir glaubten, oder vielmehr ich glaubte, der Diablotin sei achttausend Fuß hoch und nie bestiegen worden, weil der Gipfel aus Fels war. Um den Berg kreisten große schwarze Vögel, die Diablotins (Teufelsvögel) hießen und die es nirgendwo sonst auf den Westindischen Inseln oder sonstwo auf der Welt gab. Die Bergspitze war meistens in Nebel gehüllt.

Auf die anderen Berge hatte man klare Sicht, und wir konnten sehen, wie der Regen näher kam, und uns rechtzeitig in Sicherheit bringen. Wir waren immer im August da, dem Monat der Stürme, mit viel Blitz und Donner, heftigem Wind und prasselndem Regen, der den ganzen Tag anhielt. Dann sah ich bei geschlossenen Fensterläden zu, wie man in dem düsteren Raum Halma spielte oder Bettelmann und Bezigue oder Kartenhäuser baute. Manchmal klarte es mit einem Mal auf, und der Himmel war wieder blau. Wenn es geregnet hatte und ich barfuß im nassen Gras stand, roch es unglaublich frisch und süß – das werde ich nie vergessen. (Wir durften nicht barfuß gehen wegen der Sandflöhe, trotzdem taten wir es oft. Auch genossen wir es, wie die Schwarzen mit den Fingern aus der Kalebasse zu essen. So schien es besser zu schmecken. All das mußte man heimlich tun.) Unterhalb der Berge war Wald, der größte Teil davon Wildnis.

Unsere Köchin in Bona Vista war eine Obeah-Frau namens Ann Tewitt. Obeah ist eine harmlosere Abart des Voodoo, und schon zu meiner Zeit brauchte es niemand mehr sehr ernst zu nehmen. Und doch erzählte man mir dies in einem respektvollen, beinahe ehrfürchtigen Ton. Sie war eine große Frau mittleren Alters, und sie lächelte oft, was bei Schwarzen ungewöhnlich war. Am besten kann ich mich an ihre nackten braunen Füße erinnern, wenn sie mit gerafften Röcken das Geschirr von der Küche ins Haus trug.

Die Küche war natürlich ein Gebäude für sich, und wenn es dort nicht zu verräuchert war, saß ich oft auf einer Truhe oder auf einer großen Kiste und führte lange Gespräche mit Ann. Oder vielmehr redete sie allein, und ich hörte zu, doch worüber sie sprach, daran erinnere ich mich überhaupt nicht mehr. Ich glaube, sie sagte mir meine Zukunft voraus, aber ich weiß nicht mehr, was sie mir erzählte. Als wir Bona Vista für immer verließen, verabschiedete sie sich, lächelnd wie immer, wie immer mit gerafftem Rock. Da wir nie mehr zurückkamen, habe ich keine Ahnung, was aus ihr geworden ist, obwohl ich sie nie vergaß und mich immer daran erinnerte, wie sie im strömenden Regen so behutsam Geschirr umhertrug.

Meine ersten deutlichen Erinnerungen beziehen sich auf Bona Vista. Es war an meinem sechsten Geburtstag. Ein Teil des großen Wohnzimmers war ausgeräumt und in eine Bühne verwandelt worden, und meine beiden Brüder und meine ältere Schwester spielten ihre Version von Rotkäppchen.

Ich trug das neue weiße Kleid, ein Geburtstagsgeschenk, und einen Kranz aus Frangipaniblüten. Ein Frangipanibaum wuchs in der Nähe des Hauses; manchmal war er ganz kahl, hatte nicht einmal Blätter, und dann plötzlich war er bedeckt mit süß duftenden rosa Blüten. Wenn man einen Zweig abbrach, blutete er reichlich, nicht rotes Blut, sondern weißes. Hibiskus – zumindest der Hibiskus, den ich kenne – welkt bald, nachdem er gepflückt ist, aber die Blüten des Frangipanibaums halten sich lange und lassen sich leicht zu einem Kranz binden. Der, den ich trug, war das erste gewesen, was ich an jenem Morgen geschenkt bekommen hatte, und da saß ich nun mit meiner Krone, platzte fast vor Stolz und Bedeutsamkeit, saß sicher und beschützt in einem großen Lehnstuhl, mein Vater auf der einen, meine Mutter auf der anderen Seite, meine glänzenden Schuhe ein ganzes Stück vom Fußboden entfernt. Mein Vater war zu diesem Anlaß in einem Dreistundenritt von Roseau heraufgekommen.

Plötzlich sagte mein älterer Bruder, der den ehrlichen Holzfäller spielte – falls es überhaupt eine solche Figur in der Geschichte gibt –, in gelangweiltem Ton: »Diesen Unsinn mache ich nicht mehr mit« und verließ die Bühne. Mein jüngerer Bruder, stets gutmütig, sprang von draußen durch das offene Fenster herein und knurrte dabei gefährlich. Er war der Wolf und war für diese Rolle mit einem langen weißen Laken bekleidet.

Rotkäppchen sagte jedoch nichts, verwirrt durch den

abrupten Abgang des Holzfällers, und es war klar, daß das Spiel nicht weitergehen konnte. Neben meinem Stuhl lag ein großes blaßblaues Buch. Es war ein Geburtstagsgeschenk von der Mutter meines Vaters, die wir die irische Großmama nannten. Sie vergaß keinen unserer Geburtstage, und von weit her, aus England oder Wales oder von wo auch immer sie lebte – ich wußte das nicht so genau –, kamen Bücher. Sie trafen auch an Weihnachten ein, zusammen mit Schachteln voller Schokolade, kandierten Früchten, Karlsbader Pflaumen und einem Topf Stiltonkäse für meinen Vater. Als die Aufführung ihr plötzliches Ende fand, hob meine Mutter das Buch auf, öffnete es und legte es auf meinen Schoß. Vielleicht hatte sie Angst, ich würde gleich weinen. Ich betrachtete das Bild eines kleinen Mädchens in einem rosa Kleid. Neben ihr war eine riesige Spinne und darunter Buchstaben, die für mich bedeutungslos waren, ich konnte nicht lesen, nicht einmal kurze Wörter. Das ist alles, woran ich mich erinnere.

Bald danach fuhren wir zurück nach Roseau. Bona Vista mußte verkauft werden, und wir kehrten nie mehr dorthin zurück.

Roseau. Die gemeinsamen Mahlzeiten. Das Ticken der Standuhr. Ich war die Jüngste, deshalb saß ich mit dem Gesicht zur Speisekammer, betrachtete das weiße Tischtuch, die niedrigen, mit Coralitas gefüllten Vasen, das massive Büfett mit den aufgereihten Zinnkrügen und Silberplatten und darüber das Bild der Maria Stuart auf dem Weg zur Hinrichtung.

Maria Stuart war groß und kräftig, eingehüllt in schwarzen Samt, ihr rechter Fuß für alle Zeiten ausschreitend, während sie damenhaft ihrem Untergang entgegenschritt. Die Menge hinter ihr bestand aus Männern, die ebenfalls schwarz gekleidet waren. Ich habe seither oft diese schmalen Augen, diese selbstgefällige Miene gesehen.

Neben dem Büfett und dem Bild der Maria Stuart war die Tür, die zur Speisekammer führte. Auf dem Tisch in der Speisekammer lag ein in ein wollenes Tuch gewickelter Eisblock. Alle vier Füße des Fliegenschranks standen in kleinen Schüsseln, die mit irgendeinem Desinfektionsmittel gefüllt waren, das die Lebensmittel vor Ameisen schützen sollte; sie sahen aus wie Babyfüße in schlechtsitzenden Socken. Dort stand auch der Apparat zum Messerputzen, den mein Vater hatte kommen lassen, weil er es für unzumutbar hielt, daß eine Frau eine so blutige Arbeit verrichtete wie Messer auf einem Brett zu putzen.

Zucker, den man sich heimlich holte; krauses Haar ... Victoria sitzt auf der Schwelle zur Speisekammer und malt die Bohnen für den Kaffee nach dem Essen, der köstliche Geruch – mein Vater wollte ausschließlich Mokka trinken, der von seinem eigenen Grund und Boden stammte. Die Geräusche beim Cocktailmixen, das Glasstäbchen und das Klickern der zerstoßenen Eisstücke im Glas, das bedeutet für mich immer noch Westindien.

In Bona Vista hatte es hinter dem Haus ein Fernrohr gegeben, durch das wir die weit entfernte Bucht von

Roseau und die Schiffe sehen konnten, die Royal Mail, kanadische und französische Dampfer und manchmal ein fremdes Schiff mit einer gelben Flagge, die bedeutete, daß an Bord eine ansteckende Krankheit herrschte.

In Roseau spielten wir Kinder auf dem Gelände der ehemaligen Quarantänestation. Es war von einem verzinkten Eisenzaun umgeben, und es machte einen schönen Krach, wenn wir mit unseren Stöcken im Vorbeigehen dagegenschlugen. Früher wurden dort Mannschaften und Passagiere von verseuchten Schiffen isoliert, aber inzwischen hatte man andere Regelungen getroffen, und das Grundstück war leer und verlassen, ein Lieblingsplatz für unsere Picknicks.

Das Tor war nicht verschlossen, und man konnte ohne weiteres das weitläufige Gelände betreten, doch wir gingen selten in das große, leere Gebäude, und wenn ich »leer« sage, meine ich auch wirklich leer. Nicht einmal ein kaputter Stuhl war mehr da, auch kein Bilderrahmen, und die geräumigen Zimmer waren blaßbraun gestrichen. Die alte Quarantänestation hatte nichts Tristes an sich, obwohl einst viele verängstigte Menschen, auf deren Schiff Seuchengefahr bestand, dort eingepfercht gewesen sein mußten. Zumindest von außen gesehen war es ein sicherer, freundlicher, harmloser Ort, und doch lauerte dort etwas im Sonnenlicht. Niemand außer uns kam jemals hierher, vielleicht vermutete man, daß es dort spukte. Die eigentliche Attraktion für uns waren Schaukeln, die man auf dem Gelände aufgestellt hatte. Die Sitze waren so breit und so bequem, die Seile so dick, daß auch das ängstlichste Kind keine Bedenken zu haben brauchte, daß man gefahrlos ganz hoch schaukeln konnte. Auf und ab, auf und ab, und dabei sangen wir:

Soldat, Soldat, nimm mich zur Frau,
Mit deiner Muskete, Pfeife und Trommel.
Soldat, Soldat ...

Seit der Zeit, als die Photographie aufgenommen worden war, hatte sich mein Leben sehr verändert. Meine beiden Brüder hatten die Insel verlassen, um in England zur Schule zu gehen, und ich sah sie viele Jahre lang nicht mehr. Meine ältere Schwester, ein hübsches und attraktives Kind, kam zu einer der verheirateten Schwestern meiner Mutter nach St. Kitts. Danach ging sie mit dieser Familie nach Nassau auf den Bahamas. Bald war offenkundig, daß sie nicht mehr zu meinem Leben gehörte. Ich vermute, daß sie adoptiert worden war, wenn auch nicht offiziell. Meine kleine Schwester war sieben Jahre jünger als ich. Sie war nun das umsorgte und verwöhnte Jüngste. Ich empfand keinen Groll gegen sie, weil sie mich verdrängte, vielmehr erinnere ich mich, daß ich das Gefühl hatte, ich müßte sie beschützen, wenn ich sie auf wackeligen Füßen umhertapsen sah, aber ich glaube, ich fühlte mich ganz plötzlich einsam. Man erwartete nun von mir, daß ich mich mit mir selbst beschäftigte, und die Freunde, mit denen ich spielte, waren mir im Grunde nicht wichtig. Nur noch selten sah ich Willie, den einzigen, den ich wirklich mochte. Er war jetzt in der Schule und durch die Kameradschaft mit anderen Jungen in Anspruch genommen. Vorbei war die Zeit, als wir noch alle klein waren, als wir gemeinsam in einem riesigen steinernen Wasserbecken herumplanschten. Willie und seine Schwestern, ich und meine Brüder. Wir bespritzten uns immer und kreischten. Nun war ich ganz allein, es gab nur noch Bücher.

Bücher

Bevor ich lesen konnte – ich war fast noch ein Baby –, stellte ich mir vor, Gott, diese merkwürdige Sache oder Person, von der man mir erzählt hatte, sei ein Buch. Manchmal war es ein großes, aufrecht stehendes und halb aufgeschlagenes Buch, und ich konnte das Gedruckte innen sehen, aber es ergab keinen Sinn für mich. Andere Male war das Buch kleiner, und innen waren spitze, blitzende Dinger. Das kleinere Buch war, dessen bin ich sicher, das Nadelbüchlein meiner Mutter, und die spitzen, blitzenden Dinger waren ihre Nadeln, auf die die Sonne schien.

Ich lernte so langsam lesen, daß sich meine Eltern Sorgen machten. Dann konnte ich plötzlich auf einen Schlag ganz lange Wörter lesen. Bald darauf konnte ich die Märchen verstehen, die uns die irische Großmama schickte – das rote, das blaue, das grüne, das gelbe Buch. Danach schickte sie *Griechische Heldensagen, Die Abenteuer des Odysseus, Perseus und Andromeda.* Ich las alles, was ich in die Finger bekam. Da war der übliche verglaste Bücherschrank an einer Wand des Wohnzimmers, aber er war nie verschlossen, der Schlüssel war verlorengegangen, und man ermahnte uns nur, die Türen immer zuzumachen, denn die Bücher mußten vor Insekten geschützt werden.

Ich sehe immer noch die Bände der *Encyclopaedia Britannica* vor mir, die ich nie berührte, eine große Bibel und mehrere Geschichtsbücher, Romane mit gelben Buchrücken und auf dem obersten Bord eine recht merkwürdige Auswahl von Schriftstellern: Milton, Byron, dann Crabbe, Cowper, Mrs. Hemans, auch *Robinson Crusoe, Die Schatzinsel, Gullivers Reisen, Pilgrim's Progress.*

Meine Kinderfrau, die Meta hieß, mochte mich ohnehin nicht besonders, und wenn sie mich auch noch mit einem Buch antraf, war das Maß voll. Eines Tages fand sie mich, wie ich auf der Treppe kauerte und eine winzig gedruckte, gereinigte Fassung von *Tausendundeiner Nacht* las.

Sie sagte: »Wenn du so viel liest, weißt du, was dann mit dir passiert? Deine Augen fallen raus aufs Buch und schauen dich an.«

»Wenn meine Augen rausfallen würden, könnte ich nichts mehr sehen«, wandte ich ein.

Sie sagte: »Alles fällt raus, bloß nicht die kleinen schwarzen Punkte, mit denen man sieht.«

Ich glaubte ihr halb und stellte mir meine Pupillen als schwarze Stecknadelköpfe vor, und der Rest wäre nicht mehr da. Aber ich hörte nicht auf zu lesen.

Meta

Nun ist es an der Zeit, von Meta zu erzählen. Sie war mein Kindermädchen und der Schrecken meines Lebens. Sie war bei uns, solange ich überhaupt denken konnte: eine kleine, untersetzte Frau, sehr schwarz und immer schlechter Laune, wie mir vorkam. Ich sah Meta nie lächeln. Sie schien immer über einem schrecklichen Unrecht zu brüten, das sie nie vergessen konnte. Ich erinnere mich – ich war noch nicht alt genug, um allein irgendwohin gehen zu können –, wie hart sich ihre Hand anfühlte, wenn sie mich zum Botanischen Garten schleppte, wo sie jeden Nachmittag mit mir hingehen mußte. Sie ging so schnell, daß ich rennen mußte, um mit ihr Schritt zu halten, und die meiste Zeit murmelte sie mit abgewandtem Gesicht vor sich hin, Flüche, vermutlich.

Sie zerrte mich vorbei an Miss Janes Süßwarenladen. Ich war dort oft mit meiner älteren Schwester gewesen, bevor sie von uns fortging. Miss Jane war eine alte farbige Dame, deren kleines Haus am Weg zum Botanischen Garten stand, und ihre Süßigkeiten waren nicht nur köstlich, sondern auch sehr billig. Man konnte bei ihr für einen Penny einen kleinen Topf frische Guajavenmarmelade bekommen. Die Grundlage der meisten anderen Süßigkeiten war Sirup – vermischt mit geraspelter Kokosnuß gab es ihn als Plätzchen, vermischt mit Ingwer als Ingwerkuchen. Die teuersten bestanden aus gereinigtem Zucker und Cashewnüssen. Die kostete, glaube ich, drei Pennys. Das merkwürdigste war eine Süßigkeit, die *lassi mango* hieß – falls man das so schreibt. Wenn man sie auseinanderbrach, zog sie sich unendlich in die Länge. Das Spiel ging so: ein Kind nahm das eine Ende, das zweite Kind das andere, und dann ging man in entgegensetzte Richtungen. Am Schluß wurde daraus ein fast unsichtbarer Faden, und es machte Spaß, zu beobachten, wie jemand von dem Faden gestreift wurde und versuchte, das Zeug wegzumachen und herauszufinden, was so klebrig war. An all diesen Köstlichkeiten schleppte mich Meta immer vorbei. Sie nahm nicht die geringste Notiz davon, wenn ich auszureißen versuchte, und zerrte mich weiter, wenn ich zurückschaute.

Meta war es auch, die so viel über Zombies, *soucriants* (Vampire) und *loups-garoux* (Werwölfe) erzählte. Sie war der einzige Mensch, den ich in Westindien von Werwölfen sprechen hörte. Vampire waren immer Frauen, sagte sie, die nachts kamen und einem das Blut aussaugten. Tagsüber sahen sie wie normale Frauen aus, aber an ihren roten Augen konnte man sie erkennen. Zombies waren schwarze, formlose Dinge. Sie konnten durch verschlossene Türen gehen, und man hörte, wie sie zu einem ans Bett kamen. Man sah sie nicht, doch man fühlte, wie sich einem ihre behaarten

Hände um die Kehle schlossen. Lange Zeit schlief ich nur an der unteren Bettkante, das Laken bis über den Kopf gezogen, und lauerte auf Zombies. Vermutlich kam dann später immer jemand herein und zog das Laken herunter, sonst wäre ich sicher erstickt.

Sie brachte mir auch eine hysterische Angst vor Kakerlaken bei. Sie sagte, wenn ich nachts schliefe, würden sie hereinfliegen und mir in den Mund beißen, und der Biß würde nie heilen. Kakerlaken können ungefähr fünf Zentimeter lang werden, sie können fliegen und riechen sehr unangenehm, aber erst Meta brachte mir bei, mich richtig vor ihnen zu fürchten. Es war auch nicht gerade beruhigend, daß meine Mutter, die sehr energisch mit Tausendfüßlern fertig wurde, aus dem Zimmer ging, wenn ein Kakerlak hereinflog, und erst wieder zurückkam, wenn man ihn erwischt hatte. Meta erzählte mir auch, wenn ein Tausendfüßler getötet würde, blieben die verschiedenen Stücke am Leben und rannten weg in alle Winkel, um dann noch größer und stärker zu werden. Man mußte ihn zertreten. Meta sagte »zerquetschen«. Bis zum heutigen Tage bin ich nicht ganz sicher, ob ich wirklich sah, wie die beiden Hälften eines Tausendfüßlers lebendig ihrer Wege gingen.

Selbst die Geschichten, die Meta erzählte, waren nie frei von beängstigenden und unheimlichen Zügen. Sie hörten alle ungefähr so auf: »Und dann ging ich auf die Hochzeit, und da fragt man mich: ›Was tust'n hier?‹ Ich sag: ›Ich komm, weil ich was zu essen und zu trinken kriegen will.‹ Er gibt mir 'nen Tritt, und ich flieg übers

Meer und komm hierher, um dir die Geschichte zu erzählen.«

Jahre später befreundete ich mich eng mit einem schwarzen Mädchen namens Francine. Ich habe schon früher einmal über sie geschrieben.* Francines Geschichten waren ganz anders, sie waren lustig, und es gab viel zu lachen, und schöne Kleider und gute Sachen zum Essen kamen darin vor. Aber der Anfang war immer ein Ritual. Francine sagte: *»Timtim.«* Ich mußte antworten: *»Bois sêche«,* und dann sagte sie: *»Tablier Madame est derrière dos.«* (Madame hat ihre Schürze verkehrt herum angezogen.) Sie bestand immer auf diesem Ritual, bevor sie mit einer Geschichte anfing, und erst viel später las ich ein Buch über Obeah und entdeckte dabei, daß *Bois sêche* der Name einer Gottheit ist. Ich mochte Francine mit der Zeit immer mehr und bewunderte sie; als sie verschwand, ohne ein Wort zu sagen, fühlte ich mich verletzt. Leute verschwanden, sie gingen auf eine der anderen Inseln, aber nicht, ohne auf Wiedersehen zu sagen. Ich denke heute noch an Francine, und jetzt kann ich mir andere Gründe für ihr völliges Verschwinden aus unserem Haus und aus meinem Leben vorstellen.

Mehr als alles andere haßte ich einen Streich, den mir Meta oft spielte. Ich freundete mich mit der Zeit sehr mit einem kleinen Jungen an, der Willie hieß, wie mein Vater. Wenn wir von der Schule nach Hause kamen, mußten wir saubere »Nachmittagskleider« anziehen,

* Francine erscheint in *Sargassomeer* in der Figur der Tia (Anm. d. Übers.).

wie es bei uns hieß. Während ich mit Bändern, Knöpfen und Haken kämpfte, sagte Meta oft, Master Willie habe nach mir gefragt und warte unten auf mich. Dann beeilte ich mich und stürmte hinunter, ungekämmt und erst halb angezogen, fand dann aber keinen Willie und hörte nur Meta in der Ferne laut lachen. Sie spielte mir diesen Streich mehrere Male, bevor ich mißtrauisch wurde.

Es war ihr verboten, mich zu schlagen, und sie tat es auch nie, aber dafür packte sie mich oft bei den Schultern und schüttelte mich heftig. Mit fliegenden Haaren schrie ich dann, solange ich noch Luft zum Sprechen hatte: »Schwarzer Teufel, schwarzer Teufel, schwarzer Teufel!« Ich dachte nie im Traum daran, mich bei meiner Mutter über all das zu beschweren, und ich bezweifle auch, ob das irgend etwas genutzt hätte, aber meine Erleichterung war riesengroß, als Meta wegging oder weggeschickt wurde. Ich kann mich nicht daran erinnern, wer an ihre Stelle trat, oder ob überhaupt jemand anderes kam. Aber auf jeden Fall war es schon zu spät, das Unheil war bereits geschehen. Meta hatte mir eine Welt voller Angst und Mißtrauen gezeigt, und in dieser Welt lebe ich noch immer.

Geneva

Ich wußte wenig vom früheren Leben meiner Eltern, wie sie sich kennengelernt oder warum sie geheiratet hatten, und es kam mir auch nicht in den Sinn, sie danach zu fragen.

Von meiner Mutter wußte ich mehr, denn sie war in Dominica geboren, im damaligen Landhaus in Geneva, und Geneva war ein Bestandteil meines Lebens. Aber ich konnte sie mir dort nicht vorstellen, oder vielmehr, ich tat es nicht.

Geneva war ein alter Ort, alt zumindest für Dominica. In *Sargassomeer* habe ich versucht, über Geneva zu schreiben und über den Garten von Geneva.

Meine Mutter war eine geborene Lockhart, eine Enkelin von James Gibson Lockhart, der Ende des achtzehnten Jahrhunderts aus Schottland gekommen war. Er starb, bevor das Gesetz über die Aufhebung der Sklaverei erlassen wurde, und da er ein Sklavenbesitzer gewesen war, waren die Lockharts sogar noch zu meiner Zeit nicht gerade sehr beliebt. Und das ist noch gelinde ausgedrückt.

Zu Lebzeiten meines Großvaters, irgendwann in den dreißiger Jahren des vorigen Jahrhunderts, wurde das erste Landhaus nach der Abschaffung der Sklaverei von den ehemaligen Sklaven niedergebrannt. Er war augenscheinlich ein sanfter Mann, dem die Situation ganz und gar nicht gefiel, und er starb ziemlich jung, wenn auch erst, als ein neues Landhaus gebaut worden war, das Haus, das ich kannte. Er hinterließ fünf Kinder – Zwillingsmädchen, von denen eines meine Mutter war, zwei Jungen und ein kleines Mädchen namens Edith. Nach seinem Tod kümmerten sich die Zwillinge um das Anwesen. Einer der Söhne war alt genug, es zu übernehmen, als meine Mutter heiratete.

Ob der alte James Gibson Lockhart wirklich ein so böser Mensch gewesen ist, wie er geschildert wurde, und was genau passiert war, das erzählte man mir nie, und ich fragte auch nie danach.

Geneva war ungefähr einen Zweistundenritt von Roseau entfernt, und wir Kinder waren oft dort. Nicht nur der Garten zwischen den Ruinen, auch das Haus selbst hatte etwas sehr Altes (obwohl es nicht alt war), etwas Melancholisches und Abenteuerliches. Dort war ich glücklich.

Die Stufen zum Rasen hinunter. Das eiserne Geländer, überwachsen von Jasmin und Stephanotis. Im sonnigsten Teil des Gartens wuchsen die Rosen und die »englischen Blumen«, im Schatten dagegen die Sinnpflanze, die ihre Blätter schloß und tat, als würde sie sterben, wenn man sie berührte, und die sich erst wieder öffnete, wenn man ein gutes Stück entfernt war. Da waren die Gold- und die Silberfarne, nicht so groß wie Baumfarne, sondern klein und vertraut. Goldfarne, grün und kühl an der Oberfläche, aber darunter war Gold, das Spuren hinterließ, wenn man sich mit einem Wedel auf die Hand schlug.

Das Porträt des alten Lockhart hing im Eßzimmer. War sein Haar gepudert, oder trug er eine Perücke? Das Bild war vermutlich aus den Flammen des ersten Hauses gerettet worden. Auch das seiner Frau. Es war seine Frau, meine Urgroßmutter, die mich interessierte. Man erzählte mir, sie sei eine spanische Gräfin aus Kuba gewesen, aber schon damals bezweifelte ich das. Eine katholische Gräfin vielleicht? Ich wußte, es gab katholische Grafen, warum also nicht auch katholische Gräfinnen?

Sie war hübsch, mit dunklen Locken und einem lebendigen, klugen Gesicht, und ich versuchte, durch meine Großmutter, die sie natürlich gut gekannt hatte, soviel wie möglich über sie in Erfahrung zu bringen.

Nach ihrer Heirat war sie zum Protestantismus konvertiert – Großmama sagte: »also eine abtrünnige Katholikin« – und zur Hölle verdammt, wie die Nonnen behaupteten. Andererseits war es eine Sünde, mit Gewißheit anzunehmen, irgend jemand sei in der Hölle, sogar von Judas durfte man das nicht glauben. Nur Gott konnte darüber urteilen. Vielleicht gab es noch Hoffnung, und darüber war ich froh. Ich konnte die Vorstellung nicht ertragen, meine hübsche Urgroßmutter sei in der Hölle.

Großmama wußte eine Menge Geschichten über sie. Sie deutete an, der alte Lockhart sei mißtrauisch und eifersüchtig gewesen, nicht nur auf andere Männer, sondern auf ihre möglichen Bemühungen, wieder mit dem Katholizismus in Berührung zu kommen. So daß es eines Tages, als sie lächelnd sagte: »Gestern war in meinem Zimmer ein wunderschöner Priester«, einen riesengroßen Krach gab. Es stellte sich heraus, daß sie hatte sagen wollen: »Gestern war in meinem Zimmer ein wunderschöne Brise.«

Großmama lebte in Geneva und ihre Schwester ebenfalls, meine Großtante Jane Woodcock, die nie geheiratet hatte. Auch die Zwillingsschwester meiner Mutter wohnte dort, Tante Brenda, die wir Tante Be nannten. Es war ein geräumiges Haus mit Platz für jedermann.

Großmama saß immer da und nähte, mit einem grünen Papagei auf der Schulter, und wenn ich mich in ihr Zimmer wagte, hüpfte der Papagei herunter, rannte auf dem Fußboden auf mich zu und hackte nach meinen Füßen. Beim Essen sprach sie viel. Großtante Jane lächelte, redete aber fast nie; sie schien nur darauf zu warten, daß sie wieder in ihr Zimmer und zu ihrer Patchwork-Handarbeit zurückkehren konnte. Wie hübsch waren doch die Farben, die sie dabei verwendete!

Großmamas Burg, dachte ich immer, die Burg von Großtante Jane, Tante Bes Burg und weit weg die Burg von Onkel Acton.

Früher einmal mußte das Gut nicht wenig eingebracht haben, aber jetzt kam eins zum andern, die Erträge waren gering, und ebenso gering waren Tante Bes Einkünfte. Dazu kam noch, daß manche der Lockharts ein exzentrisches Testament hinterlassen hatten. So hatte eine alte Frau ihren großen Anteil irgendeinem jungen Mann vermacht, in den sie sich in London verliebt hatte, sehr zum Verdruß der Lockharts auf Dominica. Aber das war rechtlich nicht anfechtbar, und man konnte nichts dagegen tun. So etwas müßte verhindert werden. Dumme alte Närrin! Wir hörten nie die ganze Geschichte. Warum war sie eine dumme alte Närrin? Was müßte verhindert werden?

Tante Be lebte recht komfortabel. Sie hatte ein geräumiges kühles Schlafzimmer, ein großes Bett mit einer Seidenbaumwollmatratze, ein Ankleidezimmer, das immer nach Pears'-Seife roch, und ein ganzes Bücherbord mit Romanen von Rhoda Broughton, denn sie war die intelligentere der beiden Schwestern. Meine Mutter las lieber Marie Corelli.

Eine der deutlichsten Erinnerungen an meine Mutter: Unter dem Pomeranzenbaum in Bona Vista sitzend, rührt sie Guajavenmarmelade über einem Kohlefeuer, einen Holzlöffel in der einen Hand und Marie Corellis *The Sorrows of Satan* in der andern.

Einmal, als ich noch nicht alt genug war, um allein nach Geneva zu reiten (denn Pferde waren damals das einzige Transportmittel, Maultiere und Esel, wenn man sich ein Pferd nicht leisten konnte, und Schusters Rappen, wenn man sich auch keinen Esel leisten konnte), begleitete mich Tante Be. Ungefähr eine halbe Stunde, nachdem wir Roseau verlassen hatten, fiel sie vom Pferd und lag reglos am Boden. Ich war sehr erschrokken, denn es war eine einsame Straße, und ich wußte nicht, was ich tun sollte. Gerade als ich fürchtete, sie könnte vielleicht tot sein, und versuchte, mich aufzuraffen, um festzustellen, was mit ihr los war, stand sie auf, stieg wieder aufs Pferd, und wir ritten weiter, als ob nichts geschehen wäre.

Ab und zu blickte sie zu mir herüber und lächelte mir beruhigend zu, doch wir sprachen wenig. Sobald wir in Geneva angekommen waren, brach sie zusammen, wurde ins Bett gebracht, und man holte den Arzt. Er sagte, sie habe sich einige Rippen gebrochen. Von da an bewunderte ich sie, denn der lange Ritt konnte nicht gerade ein Vergnügen für sie gewesen sein, auf dieser holprigen Straße und mit gebrochenen Rippen. Dabei hatte sie sich weder anmerken lassen, daß sie Schmerzen hatte, noch irgendeinen Ton davon gesagt.

Doch sie mochte mich nicht besonders. Sie fand, ich sei verträumt, ein Bücherwurm und hätte immer den Kopf in den Wolken. Außerdem beschäftigte ich mich nicht gern mit Näharbeiten und gab das auch zu, und das war ein Verbrechen.

Tante Be führte die Prozession an, wenn wir zum Baden an den Fluß von Geneva gingen. Das Wasser war klar und kalt, und in der Nähe des Ufers gab es eine starke Strömung. In der Strömung zu liegen und fortgetragen zu werden, das war ein herrliches Gefühl. Tante Be trug eine Art Badeanzug oder ein Paar alter Unterhosen. Wir trugen nichts.

Aber Großmamas Schwester, Großtante Jane, die liebte ich heiß und innig. Sie ließ mich auf ihren Knien sitzen, nahm mich in die Arme und küßte mich. Sie kam aus St. Kitts und sprach immer von *beaux* und *belles* anstatt von Damen und Herren. Sie trug ein schwarzes Seidenkleid und ein Spitzenhäubchen, und ihr kurzes weißes Haar war gelockt, so wie es in ihrer Jugend Mode gewesen war.

Einmal überraschte sie mich mit einem selbstgebastelten Puppenhaus aus Karton. Puppen aus Karton mit aufgemalten Gesichtern, Tische und Stühle aus Karton, kleine Zinnteller für das Puppenessen. Ich war entzückt und spielte hingebungsvoll damit, obwohl ich das hölzerne Puppenhaus in Roseau nie anrührte. Zu Hause gefiel mir das Schaukelpferd mit seinen geblähten Nüstern und seinen Augen aus Glas. Zu Hause gab es Stöße von *Chatterbox*-Heften, die für meine Brüder gekauft worden waren, und ein Laubsäge-Puzzle mit dem Capitol in Washington, außerdem mehrere Bücher, die vor den Gefahren des Make-ups warnten. Merkwürdigerweise stammten sie alle aus Amerika. Ich sage merkwürdigerweise, weil man die Amerikaner heute nicht mehr für sehr puritanisch hält. Da wurde der schreckliche schleichende Tod durch Bleivergiftung ausgemalt, den man erlitt, wenn man Gesichtspuder benutzte. Und andere, genauso schreckliche Todesarten, wenn man Rouge auflegte oder sich die Lippen anmalte. Seit vielen Jahren schmiere ich mir nun bedenkenlos Make-up aufs Gesicht, und ich glaube, ich tu's immer noch diesen Büchern zum Trotz.

Ich liebte Großtante Jane mehr als irgend jemand sonst auf der Welt. Viel mehr als meine Mutter, sogar mehr als meinen Vater. Doch als es zu dem großen Streit kam und wir nicht mehr nach Geneva gingen, vermißte ich sie zwar am Anfang sehr, vergaß sie dann aber allmählich. Als ich später in England von ihrem Tod erfuhr, ging mir das nicht besonders nahe. Sie sang mir immer alte Lieder vor, die sie von ihrer Mutter gelernt hatte, aber ich habe diese Lieder vergessen.

Als ich ein einziges Mal nach Dominica zurückkehrte, viele Jahre später, sagte man mir, ich bräuchte einen Führer, um Geneva zu besuchen.

Ich dachte: Wozu brauche *ich* einen Führer nach Geneva? Wie lächerlich! Es kam jedoch einer, mit dem Wagen waren wir schnell da, und er schien ganz genau zu wissen, wo ich hinwollte. Dort, wo das Haus gestanden hatte, war nun ein leerer Platz, es war zwei- oder vielleicht auch dreimal abgebrannt. Ich starrte auf die Stelle und versuchte, mich an das Haus zu erinnern, an den Garten, an die Geißblattsträucher und den Jasmin und die hohen Farnbäume.

Aber da war nichts, absolut nichts mehr da. Nichts zu sehen. Nichts zu sagen. Selbst der Trittstein zum Aufsitzen war verschwunden.

Als wir am Fluß waren, beugte ich mich hinunter, um zu trinken. Ich war sehr durstig und hatte vielleicht auch die vage, abergläubische Vorstellung, daß ich zurückkommen würde, wenn ich das Wasser trank. Der Führer ergriff mich beim Arm und sagte: »Trinken Sie das nicht. Das Wasser ist nicht mehr sauber. Sie werden krank, wenn Sie es trinken.«

Wie viele Male hatte ich Wasser aus diesem Fluß getrunken, wenn ich durstig war? Es soll dreihundertfünfundsechzig Flüsse auf der Insel geben, für jeden

Tag des Jahres einen. Waren sie alle schmutzig?

Ja, er schien der Meinung zu sein, daß sie tatsächlich alle schmutzig seien. »Sehr schmutzig, nicht so, wie Sie es in Erinnerung haben.«

Nein, es war nicht mehr so, wie ich es in Erinnerung hatte.

Die Puppe

Wie alt war ich, als ich das Gesicht der blonden Puppe zertrümmerte? Ich erinnere mich lebhaft daran, wie befriedigend es war, gemein zu sein. An die Schuld, die ein halber Triumph war.

Zwei Puppen waren aus England angekommen, ein Geschenk der irischen Großmama, glaube ich. Eine war blond, die andere dunkelhaarig. Beide waren schön. Aber sobald ich die dunkelhaarige Puppe sah, wollte ich sie haben, wie ich noch nie zuvor in meinem Leben etwas hatte haben wollen. Während ich noch hinschaute, grapschte meine kleine Schwester schnell danach.

»Nein«, sagte ich. »Nein, ich hab' sie zuerst gesehen.«

Aber als ich versuchte, ihr die Puppe wegzunehmen, brüllte sie, und meine Mutter eilte herbei, um ihr zu helfen.

»Laß sie deiner kleinen Schwester. Du willst doch kein selbstsüchtiges Mädchen werden, das keiner mag, nicht wahr?«

»Das ist mir egal.«

»Dummes Ding. Du solltest dich darüber freuen,

daß sie so glücklich ist. Nimm doch die blonde Puppe. Sie ist genauso hübsch. Sogar noch hübscher. Und sieh mal, sie kann die Augen öffnen und schließen.«

»Ich mag sie nicht«, sagte ich.

»Sei nicht so dumm. Sei nicht so selbstsüchtig.«

Mit der blonden Puppe im Arm ging ich weg.

»Wo gehst du hin?«

»In den Garten.« Ich ging aus der Sonne und trat in den Schatten des großen Mangobaums. Ich legte die blonde Puppe auf den Boden. Ihre Augen waren geschlossen. Dann holte ich einen großen Stein, schleuderte ihn mit aller Kraft der Puppe ins Gesicht und vernahm entzückt das knirschende Geräusch beim Aufprall.

Hinterher gab es ein großes Theater. Warum hatte ich bloß so etwas Ungezogenes, so etwas richtig Gemeines getan?

Ich wußte es nicht. Es war mir selbst schleierhaft. Ich war mir nur sicher, daß ich es hatte tun müssen, und in meinen Augen war es richtig gewesen. Meine Mutter war so beunruhigt, daß sie mit meinem Vater über mein ungewöhnliches Betragen sprach.

Ich stand in seinem Sprechzimmer und sah ihn an. Einmal hatte ich meine Mutter gefragt: »Welche Farbe haben seine Augen?«

»Dein Vater hat schöne haselnußbraune Augen«, hatte sie geantwortet. Haselnuß. Ein neues Wort. Das mußte ich mir merken.

Und jetzt? Was würde jetzt geschehen?

»Was soll ich bloß mit dir machen? Das war gar nicht

schön von dir«, sagte er und sah mich dabei nicht an.

»Ich wollte die andere Puppe. Ich hab' sie zuerst gesehen«, brachte ich heraus. »Sie wollte sie nur haben, weil *ich* sie wollte. Es war nicht fair.«

»Nichts ist fair«, sagte er ziemlich grimmig. »Gar nichts. Und je früher du das begreifst, desto besser. Du warst auch nicht fair zu der armen Puppe, wenn man es genau nimmt. So etwas Dummes, Ungezogenes. Warum hast du sie nicht hergegeben, wenn du sie gar nicht haben wolltest?«

Daran hatte ich noch gar nicht gedacht. Warum eigentlich nicht? Nein, das hätte nicht genügt.

»Deine Mutter denkt, Großtante Jane verzieht dich«, sagte er und sah dabei immer noch weg. »Sie ermutigt dich dazu, zu glauben, es müßte immer nach deinem Kopf gehen, und wenn nicht, dann machst du einen Heidenspektakel. Vielleicht solltest du besser hierbleiben und nächste Woche nicht nach Geneva gehen.«

Nicht nach Geneva gehen? Nicht Großtante Jane besuchen?

»Nein, nein!«

»Also, dann lassen wir's noch einmal gut sein. Aber du darfst deiner Mutter nicht derartig zusetzen. Das dulde ich nicht. Du mußt dich in Zukunft anders aufführen, sonst werde ich sehr böse.«

Aber er hatte mir nicht gesagt, warum ich es getan hatte, und ich dachte, er wüßte alles.

Erst in den Armen von Großtante Jane konnte ich darüber sprechen.

»Sie erwarten immer von mir, daß ich etwas tu, was ich nicht tun will, und ich tu's auch nicht. Ich tu's nicht. Ich tu's nicht. Ich denke die ganze Zeit daran. Ich werd's nie wieder tun.« (Nie, nie wieder.)

Sie sagte: »Denk nicht mehr daran.«

Zum ersten Mal weinte ich um die blonde Puppe. »Ich begrabe sie im Garten«, schluchzte ich. »Ich pflanze Blumen auf ihr Grab.«

»Doch, doch, mach das nur«, sagte Großtante Jane.

»Ich kann mir nicht vorstellen, was aus dir einmal werden soll«, sagte meine Mutter oft. Und Tante Be mag mich nicht, weil ich Näharbeiten nicht ausstehen kann.

Meine Mutter

Einmal stieß ich auf eine Photographie, die meine Mutter zu Pferd zeigte und die vor ihrer Heirat gemacht worden sein mußte. Jung, schlank und hübsch. Ich haßte dieses Bild. Ich weiß nicht, ob ich eifersüchtig war, oder ob es mich wurmte, zu wissen, daß sie einst ganz anders ausgesehen hatte als die dicke, düstere und nur selten gut aufgelegte Frau, die ich kannte. Ich wagte nicht, es zu zerreißen, aber ich schob es ganz weit nach hinten in die Schublade. Was würde ich nicht alles darum geben, wenn ich es heute hätte! Doch gab es nicht auch eine Zeit, in der ich sie jung und hübsch in Erinnerung hatte?

Das muß damals gewesen sein, als ich das Jüngste war und noch im Gitterbettchen schlief. Meine Eltern gingen wohl aus, denn meine Mutter trug ein tief ausgeschnittenes Abendkleid. Sie war gekommen, um mir zu sagen: »Gute Nacht, schlaf gut.« Sie roch so gut, als sie sich herunterbeugte und mich küßte.

Sie liebte kleine Kinder, alle kleinen Kinder. Einmal hörte ich, wie sie sagte, schwarze Babys seien hübscher als weiße. War dies der Grund dafür, daß ich so inständig darum betete, schwarz zu sein, und jeden Morgen zum Spiegel rannte, um zu sehen, ob das Wunder geschehen war? Und obwohl es nie eintrat, versuchte ich es immer wieder. Lieber Gott, laß mich schwarz sein.

Sogar nachdem das nächste Kind geboren war, muß noch eine ganze Zeit vergangen sein, bevor sie mich als lästig zu empfinden schien und ich allmählich Angst vor ihr bekam. Eine weitere Spanne Zeit verging, und sie war mittleren Alters und dick und nicht an mir interessiert.

Ja, sie entfernte sich von mir, und wenn ich versuchte, ihr Interesse zu wecken, blieb sie gleichgültig.

Eines Tages sagte ich, im Glauben, daß sie das gern hören würde – das muß sehr viel später gewesen sein –: »Ich bin so froh, daß du unsere Marmelade selbst machst und wir sie nicht aus England bekommen.«

»Warum?« fragte sie, ohne zu lächeln.

»Weil ich gerade einen Artikel über eine Marmeladenfabrik in London gelesen habe. Ein Mädchen hat ihn geschrieben, das sich wie eine Arbeiterin anzog und dort eingestellt wurde. Sie schreibt, daß Karotten, Abfälle vom Fußboden und alle möglichen schmutzigen Sachen in die Marmelade getan werden.«

»Und das hast du geglaubt?« sagte meine Mutter.

»Ja, das glaube ich, sie hat es doch selbst gesehen.«

»Also ich würde kein Wort von dem glauben, was so ein Mädchen schreibt. Sich wie eine Arbeiterin anziehen, um zu spionieren, und dann Geld aus dem zu machen, was man angeblich gesehen hat. Widerlich!«

Ich sagte: »Es war gar nicht so einfach. Sie schreibt, daß die Männer sie sehr unverschämt behandelt haben,

als sie wie eine Arbeiterin angezogen war.«
»Geschieht ihr recht«, sagte meine Mutter.

Eine ihrer Freundinnen war eine Frau namens Mrs. Campbell, eine Farbige. Ihr Mann war ein Weißer, der sich von den Geschäften zurückgezogen hatte. Mrs. Campbell war freundlich, dick und lächelte immer; ich mochte sie sehr gern.

Sie wohnte etwas außerhalb von Roseau. An einem Nachmittag, als ihr Mann nicht da war, lud sie uns zu Tee und Gebäck in ein Sommerhaus, das sie im Garten gebaut hatten. Es hatte keine Wände, nur Pfosten, und an diese hatte sie gezuckerte und halbierte süße Orangen gehängt (und unsere Orangen waren wirklich süß). Ich hatte den Eindruck, es waren Dutzende von Kolibris, die aus- und einflogen, als wir so da saßen; ihre Flügel vibrierten, während sie in der Luft schwebten, mit ihren langen Schnäbeln kurz an den Orangen nippten und dann gleich wieder wegflogen. Nie habe ich so viele auf einmal gesehen. Mrs. Campbell beobachtete sie lächelnd, als meine Mutter zu weinen anfing. Ich hatte sie nie zuvor weinen sehen. Das war etwas Unvorstellbares. Ich starrte sie an, eher verwundert als mitleidig, doch ich erriet nach einer Weile, daß sie weinte, weil sie Geldsorgen hatte.

»Wie soll es denn reichen? Was soll ich bloß tun?« Ich erinnere mich dunkel an diese Worte, die sie, von Schluchzen unterbrochen, hervorbrachte. Ich hätte gern gewußt, ob sie wirklich wegen Geld weinte.

Mrs. Campbell sagte: »Ich bin schon lang auf dieser

Welt, und jetzt bin ich alt, aber ich hab' noch nie erlebt, daß der Gerechte in der Not verlassen wurde, oder daß seine Nachkommen ums liebe Brot betteln mußten.«

Nach einer Weile hörte meine Mutter auf zu weinen, und als wir im Einspänner nach Hause fuhren, war sie wieder beherrscht und verschlossen wie immer. Als ich sie ansah, konnte ich kaum glauben, was geschehen war. Dies war jedoch das Ende meiner beruhigenden Gewißheit, daß wir nicht zu den Leuten gehörten, die sich um Geld Sorgen machen mußten. Zum ersten Mal überlegte ich vage, ob der unbekümmerte, verschwenderische Umgang meines Vaters mit Geld nicht einfach seine Angst verdeckte.

An bestimmten Tagen kam morgens eine Prozession von alten Männern zu unserem Haus – Frauen waren keine dabei –, und aus irgendeinem Grund bestand mein Vater darauf, daß ich mich auf die Stufen zur Vorratskammer stellte und jedem von ihnen den Laib Brot und die kleine Geldsumme aushändigte, sechs Pennys oder einen Schilling, ich weiß es nicht mehr genau, die sie zu bekommen hatten. Meine Mutter protestierte heftig dagegen, sie sagte, die Leute seien alt und oft nicht ganz gesund, so etwas dürfe man von mir nicht verlangen. Um die Wahrheit zu sagen: Ich tat es auch nicht gerne.

Einer von ihnen war ganz anders als die andern. Er verbeugte sich, ging dann mit einem Laib Brot unter dem Arm durch den Garten zum hinteren Tor hinaus, so aufrecht und stolz, daß ich ihn nicht vergessen konnte.

Il y avait une fois
Un pauvre gars . . .

Meine Mutter erhob dann keine Einwände mehr, aber sie richtete es so ein, daß wir Roseau immer zwei oder drei Wochen früher als gewöhnlich verließen. Wenn wir zurückkamen, hatte man entweder Brot und Geld vergessen, oder jemand anderes hatte es verteilt. Da gab es keinen Streit mehr und keine Prozessionen der »Armen Gottes«, wie die Nonnen sie nannten.

Ich entsinne mich einer anderen Begebenheit: Ich sitze auf der Treppe, sehe durch die Stäbe des Geländers hindurch und beobachte, wie meine Mutter einen Schrankkoffer mit Wolldecken und warmen Sachen packt. Eine der benachbarten Inseln war von einem schlimmen Hurrikan heimgesucht worden, und ich glaube nicht, daß meine Mutter die einzige war, die alles, was sie an Hilfsgütern auftreiben konnte, dorthin schickte. Ich möchte wissen, ob das heute noch geschieht. Ich bezweifle es eher. Ich erinnere mich an ihren bedächtigen und etwas bekümmerten Gesichtsausdruck beim Packen.

Kurz bevor ich Dominica verließ, war sie krank und konnte eine Zeitlang nicht herunterkommen. Ich ging zu ihr nach oben, doch ich bewegte mich vorsichtig, so daß sie mich nicht hörte. Sie blickte nicht auf, saß da und sah aus dem Fenster, las nicht, häkelte nicht, tat nichts von dem, was sie gewöhnlich tat.

Eingekapselt in ihr Schweigen, sah sie einsam aus, wie eine Fremde in einem fremden Haus. Aber wie konnte sie einsam sein, wenn sie nie allein war? Trotzdem sah sie einsam aus, geduldig und resigniert. Aber auch trotzig – »Ihr habt nicht gesehen, was ich sah, habt nicht gehört, was ich hörte«. Während ich sie von der Tür her beobachtete, wurde mir bewußt: sie war wie jemand anderes, an den ich mich erinnerte. Ich kam zuerst nicht darauf, wer dieser andere war. Sie war wie der alte Mann, der mit einem Laib Brot unter dem Arm zum Tor hinausging, geduldig und würdevoll.

Ich wollte zu ihr hinüberrennen und sie küssen, aber ich traute mich nicht, und so kam es nur, wie üblich, zu einer flüchtigen Berührung ihrer Wange. Am nächsten Tag ging es ihr wieder so gut, daß sie herunterkommen konnte, und das Leben ging weiter wie zuvor.

Ich glaube, sie war glücklicher, als ihre Zwillingsschwester Geneva verließ und nach Roseau zog. Sie lebte zwar nicht bei uns, kam aber oft ins Haus. Man konnte unmöglich übersehen, daß zwischen den beiden ein geheimes Einverständnis bestand. Die eine spürte, was die andere gerade fühlte, und es brauchte dazu keine Worte. Sie pflegten einander anzusehen und still vor sich hin zu lachen. Dies geschah oft, wenn mein Vater sich wieder einmal über englische Politik ausgelassen hatte.

In solchen Fällen sagte er dann: »Oh, es gefällt mir zu gut, wenn sie so lachen.«

Aber mir war beim Zusehen nicht wohl zumute. Lachten sie etwa über mich?

Meine Mutter war schweigsam, aber nicht so heiter und gelassen. Tante Be wurde nie wütend, meine Mutter dagegen oft. Meine Mutter konnte wunderschön nähen, aber kein Kleid zuschneiden. Schnipp, schnapp glitt Tante Bes Schere durch den Stoff, ohne zu zögern, und heraus kam ein Kleid, das paßte.

Meine Mutter konnte Blätterteig machen, leicht wie eine Feder.

Tante Be war für ihren Punsch berühmt.

Mit der Zeit machte ich mir immer weniger Gedanken über meine Mutter, bis sie schließlich fast eine Fremde für mich war und ich aufhörte, mir vorzustellen, was sie fühlte oder dachte.

Schwarz/Weiß

Ich erinnere mich an den Aufruhr, als wäre es gestern gewesen. Ich muß etwa zwölf gewesen sein. Eines Nachts kam meine Mutter ins Schlafzimmer, das ich mit meiner kleinen Schwester teilte, weckte uns und sagte, wir sollten Morgenmantel und Hausschuhe anziehen und herunterkommen. Wir folgten ihr, noch halb im Schlaf. Als wir ins Wohnzimmer kamen, sagte mein Vater: »Warum weckst du denn die Kinder mitten in der Nacht? Das ist doch albern.«

Ich hörte in weiter Ferne einen seltsamen Lärm, wie das Geheul von Tieren, aber ich wußte, es waren keine Tiere, es waren Menschen, und der Lärm kam immer näher.

Mein Vater sagte: »Sie sind vollkommen harmlos.«

»Das glaubst nur du«, sagte meine Mutter.

Undeutlich hatte ich mitbekommen, daß wir uns hatten anziehen müssen, um vor dem widerwärtigen Lärm wegzulaufen, aber wohin? Wir konnten bis zu Mr. Steadmans Haus an der Bucht rennen, aber lange bevor wir dort angekommen wären, würden sie uns umbringen.

Uns umbringen! Diese seltsame Vorstellung fand ich nicht erschreckend, sondern aufregend.

Sie tauchten heulend am Fenster auf, aber sie warfen nicht mit Steinen. Als der Lärm verebbte, sagte meine Mutter: »Ihr könnt jetzt wieder hinauf ins Bett gehen.«

Mein Vater sagte: »Es war ganz und gar unnötig, sie aufzuwecken.«

Meine Mutter antwortete nicht, sie preßte nur die Lippen zusammen auf eine Weise, die bedeutete: Du denkst so, ich denke anders.

Als ich wieder im Bett lag, konnte ich lange nicht einschlafen. Er denkt so, sie denkt anders – wer hat recht?

Dieser Aufstand richtete sich gegen den Herausgeber der Lokalzeitung. Sein Haus stand in der Nähe von unserem. In einem Artikel hatte er die Macht der katholischen Priester auf Dominica angegriffen. Die Menschenmenge bestand aus Gläubigen, die sein Haus mit Steinen bombardieren, ihm Angst einjagen und ihn davor abhalten wollten, sich jemals wieder über Religion zu äußern.

Ich konnte jedoch das Gebrüll nicht vergessen, und es steht fest, daß sich von nun an unmerklich das Gefühl in mir festsetzte, ich müßte auf der Hut sein, wenn ich an die Schwarzen dachte, die in meiner Umgebung lebten.

Die Schwarzen, die ich gut kannte, waren anders, waren Individuen, die mir sympathisch oder unsympathisch waren. Während ich Meta haßte, bewunderte ich den Reitknecht, genauso wie das Dienstmädchen Victoria. Sie stammte von einer der »englischen Inseln«, aus Antigua, glaube ich, und war eine glühende Methodistin. Wenn sie abwusch, sang sie immer mit leiser

Stimme Choräle vor sich hin (Mach dich auf den Weg, mach dich auf den Weg, mach dich auf den Weg zu Jesus). Sie war traurig und lächelte selten; irgendwie tat sie mir leid, und ich wünschte, sie wäre glücklicher.

Josephine, die Köchin, stammte aus Dominica. Eine große, gutaussehende Frau, die sehr auf Distanz hielt. Ich hatte ziemlich Angst vor ihr, und ich bin sicher, auch meine Mutter, die nie die Küche betrat. Sie trafen sich in der Vorratskammer – auf neutralem Boden –, und dort bekam sie Geld, um auf den Markt zu gehen und Lebensmittel zu kaufen: Fisch, Gemüse, Obst, manchmal Fleisch. Die Fischerboote fuhren um diese Stunde hinaus aufs Meer, im Morgengrauen. Frisches Brot wurde von Frauen gebracht, die reich beladene Tabletts auf dem Kopf trugen.

Josephine mochte es, wenn man mit ihr Patois sprach. Zum Glück konnte meine Mutter ganz gut Patois. Josephine war in ihrer Art eine gute Köchin. Ihre Fischgerichte waren köstlich, sie machte gute Curryspeisen, und oft gab es *crapeaux* (Frösche), Langusten oder gefüllte Taschenkrebse. Ihre Suppen mochte ich allerdings nicht, und sie weigerte sich, Pudding zu machen. Alle Süßspeisen, von Schneeiern bis zum Plumpudding, machte meine Mutter.

Einmal schaute ich verstohlen in die Küche. Sie war ganz verräuchert, und Josephine warf mir einen finsteren Blick zu. Es waren einige Leute da, die ich nicht kannte, deshalb wagte ich mich nie wieder hin.

Doch es waren die anderen, die mir nicht geheuer waren, die anderen, die ich nicht kannte. Mochten sie uns wirklich so gern? Mochten sie uns denn überhaupt?

Ein zweites Erlebnis verstörte mich, das sich in der Klosterschule ereignete. Ich war jung und scheu und saß neben einem Mädchen, das viel älter war als ich. Sie war so groß und so hübsch und benahm sich so selbstsicher, daß sie mich geradezu einschüchterte. Sie hatte scharf geschnittene Züge, große, blitzende Augen und üppiges, nur leicht gekraustes Haar; sie trug es offen, und das stand ihr sehr gut. Sie sah nicht aus wie eine Farbige, aber ich merkte sofort, daß sie eine war. Das hielt mich nicht davon ab, sie zu bewundern und mich danach zu sehnen, mit ihr befreundet zu sein.

Mein Vater war kein Mann von Vorurteilen, sonst hätte er mir nie erlaubt, in die Klosterschule zu gehen, wo weiße Mädchen sehr in der Minderheit waren. Falls meine Mutter Vorurteile hatte, sprach sie sie jedenfalls nie aus, und so versuchte ich, zuerst schüchtern, dann kühner, mit meiner schönen Nachbarin ins Gespräch zu kommen.

Schließlich drehte sie sich wortlos zu mir her und sah mich an. Ich wußte, wie sich Ärger, wie sich Wut äußerte, kannte diesen »Geh-bloß-weg-Blick«; das hier war etwas anderes. Das hier war Haß – nicht persönlich gemeinter, unversöhnlicher Haß. Ich erkannte sofort, was es war, und wenn einer glaubt, ein Kind könne Haß nicht erkennen und sich nicht ein Leben lang daran erinnern, dann hat er verdammt unrecht.

Danach habe ich nie mehr versucht, mich mit einem der farbigen Mädchen anzufreunden. Ich war höflich und nichts weiter.

Sie hassen uns. Wir werden gehaßt.
Das kann doch nicht sein.
Doch, durchaus, so und nicht anders ist es.

Meine wenigen Freundinnen in der Klosterschule waren Weiße, unter ihnen drei Schwestern aus einem südamerikanischen Land, die ich außerordentlich bewunderte. Ich bringe sie immer noch in Zusammenhang mit Angosturabitter, obwohl ich sicher bin, daß sie nicht Angostura hießen. Ihr Vater war ein katholischer Graf, und das machte mir großen Eindruck. Ich hatte keine Ahnung, wo er lebte; auf Martinique, in Paris oder London? Er war ein großer, gutaussehender Mann mit einem sorgfältig gestutzten Bart, aber er besuchte seine Töchter nur sehr selten. Einmal kam er in Begleitung eines sehr hübschen jungen weißen Mädchens, von der er sagte, sie sei seine Adoptivtochter. Sie fuhren oft in einem flotten Einspänner im Botanischen Garten spazieren, und es konnte nicht ausbleiben, daß man sie Svengali und Trilby* nannte. In Roseau hatte man damals Angst vor nächtlichen Einbrüchen, und er kaufte sich zwei große Hunde, die man die »kubanischen Bluthunde des Grafen« hieß.

Nach einer Weile reiste der Graf dann wieder ab, und aus Europa trafen Postkarten ein. Eine bekam ich zu Gesicht: »Lernt brav, Euer Euch liebender Papa.«

* In dem um die Jahrhundertwende sehr populären Roman *Trilby* des englischen Schriftstellers George Du Maurier steht das Mädchen Trilby völlig im Bann des dämonischen Hypnotiseurs Svengali (Anm. d. Übers.).

Wenn Mutter Mount Calvary über die Mädchen oder deren Vater sprach, sah sie immer besorgt drein. Heute wüßte ich gern, ob die Geldsendungen tatsächlich sehr viel regelmäßiger eintrafen als der Graf selbst.

Untrennbar verbunden mit meiner wachsenden Befangenheit Schwarzen gegenüber war mein Neid. Ich fand, daß sie sich besser amüsierten als wir, sie lachten viel, auch wenn sie nur selten lächelten. Sie waren stärker als wir, sie konnten lange laufen, ohne müde zu werden, und mühelos schwere Lasten tragen.

Jeden Abend veranstaltete jemand ein Tanzfest, und man konnte die Trommeln hören. Bei uns wurde selten getanzt. Die Schwarzen waren lebendiger, waren hier mehr zu Hause als wir.

Die Nonnen sagten, nicht die Zeit, nur die Ewigkeit sei von Bedeutung. Würden Schwarze dann nicht eine bessere Chance in der Ewigkeit haben? Sie waren Katholiken, und ich beneidete sie um ihren Glauben, denn ich war fasziniert von dem, was ich vom Katholizismus zu sehen bekam.

Die Fronleichnamsprozession führte an unserem Haus vorbei, und ich beobachtete sie neugierig durch die Jalousien hindurch. Zuerst kam der Priester mit der Hostie, dann eine Prozession rotgewandeter Meßdiener, die Weihrauchgefäße hin und her schwangen. Den ganzen Weg entlang schlugen fromme schwarze Frauen Verkaufsbuden auf, die manchmal sehr hübsch aussahen, und die Straße war mit Blütenblättern bestreut. Vor jeder dieser Buden blieb der Priester stehen und ging dann mit seiner Hostie und den Meßdienern hinein. Was tat er dort, fragte ich mich. Was hatte das alles zu bedeuten? Ich hätte es brennend gern gewußt, stellte aber nie irgendwelche Fragen.

Ich spähte auch immer durch die Jalousien, wenn sie auf dem Weg zur Messe am Haus vorbeigingen. Sie trugen ihre besten Sachen, schwingende Schleppen, schwere goldene Ohrringe und Halsketten, farbenprächtige Turbane. Wenn der Unterrock unter dem Kleid nicht das gewünschte Rascheln erzeugte, nähten sie sich Papier in die Säume.

Frou-frou, frou-frou,
Par son jupon la femme
(Frou-frou, frou-frou)
De l'homme trouble l'âme ...

Sie kannten auch nicht, so wie wir, das Problem, einen Mann zu bekommen – zumindest hielt ich es für ein Problem. Zu jener Zeit wurde von einem Mädchen erwartet, daß es heiratete, das war seine Bestimmung im Leben, und man war ein Versager, wenn man ledig blieb. Es war etwas Schreckliches, eine alte Jungfer zu werden, sitzenzubleiben, wie sie es nannten. Die Tatsache, daß ich etliche alte Jungfern kannte, die vollkommen glücklich schienen, in der Tat glücklicher und lebenslustiger als die verheirateten Frauen, berührte dieses Problem überhaupt nicht. Ich fürchtete mich vor dem Erwachsenwerden. Ich fürchtete mich vor der Zeit, in der ich mir Sorgen machen müßte, wie viele Heiratsanträge ich bekommen würde, was geschähe, wenn ich gar keinen bekäme? Darüber sprach man mit mir nie, aber es stand in jedem Buch, das ich las, es war abzulesen von den Gesichtern der Leute und aus der Art, wie sie redeten.

Dagegen schienen schwarze Mädchen vollkommen frei von solchen Sorgen zu sein. Es wimmelte von Kindern, aber Hochzeiten von Schwarzen gab es vergleichsweise selten, soviel ich weiß. Heirat schien bei ihnen keine Pflicht zu sein wie bei uns.

Vielleicht waren all dies Gründe für meinen Neid, der zur Karnevalszeit wie ein Fieber anstieg.

Karneval

Die drei Tage vor Beginn der Fastenzeit war Karneval in Roseau. Wir durften uns nicht verkleiden oder sonstwie dabei mitmachen, aber wir konnten vom offenen Fenster aus zuschauen und mußten nicht durch die Jalousien hindurchspähen. Auf der Straße tanzten grell maskierte Gruppen zu den Klängen von Musikkapellen. Beim Zusehen dachte ich, ich würde alles, aber auch alles dafür geben, wenn ich so tanzen könnte. Das Leben schäumte hoch zu uns, die wir steif und wohlerzogen dasaßen und zuschauten. Wie immer waren meine Gefühle gemischt, weil ich vor den Masken große Angst hatte.

Einmal kam eine Freundin von Victoria zu ihr auf Besuch, als ich gerade in der Vorratskammer war. Ich hatte schreckliche Angst vor der Art, wie die Besucherin sprach, vor ihrer fremden, verstellten Stimme mit den vielen rollenden R. Ich hatte schreckliche Angst vor ihrer Maske. Es nutzte gar nichts, daß Victoria zu mir sagte: »Sei doch nicht so dumm, das ist bloß Regina, die sich verkleidet hat.« Ich rannte weinend weg.

Manche der Männer malten sich rot oder schwarz an und trugen nur Lendentücher. Sie rannten umher und schwangen lange Stöcke über ihren Köpfen und sprangen hoch in die Luft. Sie nannten sich die »schwarzen Männer« und die »Rothäute«. Ich dachte immer, daß ich vor Angst sterben würde, wenn mir nachmittags auf dem Weg zurück in die Schule ein zusammengerotteter Haufen von »Schwarzen Männern« oder »Rothäuten« begegnen würde, doch das geschah nie.

Die einzige Maske, vor der ich keine Angst hatte, hieß der »Bois-Bois«. Er gehört zu keiner Gruppe, sondern hielt sich abseits, und er ging auf hohen Stelzen und sah ungeheuer groß aus. Vor unserem Haus hielt er immer an und vollführte ein paar zeremonielle Tanzschritte auf den Stelzen; dann schickte man mich zu ihm hinaus mit einem Sechspennystück oder einem Schilling. Er nahm das Geld, verbeugte sich leicht und stakste davon zum nächsten Haus, um seinen Tanz von neuem vorzuführen.

Ich habe später Karnevalsumzüge im Fernsehen verfolgt. Sie sind zweifellos sehr farbenprächtig, aber es scheint mir, daß alles vorausgeplant und aufgesetzt ist, verglichen mit dem Karneval, an den ich mich erinnere, dem Karneval zu der Zeit, als ich mich so glühend danach sehnte, ebenfalls schwarz zu sein und zu tanzen, in der Sonne, zu dieser Musik. Den Karneval, den ich kannte, gibt es nicht mehr.

St. Lucia

Als ich ungefähr zwölf Jahre alt war, ging ich mit Tante Be nach St. Lucia. Ich sollte bei der Hochzeit meines Onkels in Castries Brautjungfer sein. Castries war eine aufregende Stadt. Ein Regiment war dort stationiert, Pferderennen wurden veranstaltet, und es gab eine Menge Franzosen, die zu Festlichkeiten und Bällen einluden.

Vorbei an Martinique und den Trois Pitons – am frühen Morgen kamen wir in Castries an. Im Unterschied zu Roseau mit seiner flachen Bucht war Castries ein Hafen mit Kohlestation, wo die Schiffe bis ins Hafenbecken fahren konnten. Kleine Jungen tauchten nach Münzen, die die Touristen ins Meer warfen.

Evelina, die Braut, war hübsch; sie hatte dichte Ponys und große braune Augen.

Wir blieben ungefähr drei Monate auf St. Lucia, und das war für mich eine sehr glückliche Zeit. Die Warnungen meiner Tante vor den *fer de lances,* sehr giftigen Schlangen, und vor Taranteln, die es auf St. Lucia in Mengen geben sollte, beunruhigten mich nicht. Tante Be hatte den andern gegenüber meine Angst vor dem Dunkeln erwähnt, und jeden Abend kam Evelina in mein Zimmer und pfiff mir etwas vor, bis ich einschlief. Sie konnte richtig pfeifen, wie ein Junge. Natürlich versuchte ich es ihr nachzumachen und begann auch zu pfeifen. Eines Morgens sagte Tante Be: »Mädchen, die pfeifen, und Hähnen, die krähn, soll man beizeiten den Hals umdrehn.« Sie sagte es zu mir, aber sie sah dabei Evelina an. Ich merkte sofort, daß die beiden sich nicht leiden konnten, und dabei würden sie im selben Haus wohnen müssen. In Geneva hatte Tante Be immer das Regiment geführt. Starke Brecher voraus, wie mein Vater zu sagen pflegte.

Zu den Hochzeitsfeierlichkeiten war auch ein junger Mann namens Mr. Kennaway nach Castries gekommen. Wenn er mich ansieht, spüre ich, daß er mich nicht hübsch findet. Lieber Gott, mach, daß ich hübsch bin, wenn ich groß sein werde. Bitte, bitte, tu's. »Ein hübsches kleines Mädchen ist sie nicht« – das sah man seinem Blick an.

Am Abend vor der Hochzeit flocht mir meine Tante das Haar in viele feste kleine Zöpfe, damit es am nächsten Morgen gewellt wäre. Und das war es auch. Angetan mit meinem Brautjungfernkleid, mein Haar gewellt und ein Blumenbukett in der Hand, sah ich Mr. Kennaway an, als wir uns begegneten. Doch sein Blick besagte immer noch dasselbe: »Ein hübsches kleines Mädchen ist sie nicht.«

Mein Onkel war sehr verliebt in Evelina. Wenn er sie ansah, bekam sein Gesicht einen ziemlich dümmlichen Ausdruck, fand ich.

Nach der Hochzeit, als Evelina und ihr Mann nach

Trinidad in die Flitterwochen fuhren, blieben meine Tante und ich noch da. Evelinas Bruder sah aus wie sie, bloß hatte er rotes Haar. Er nahm mich auf lange Spaziergänge mit, zeigte mir Castries und fragte mich eines Tages, ob ich einem Kampf zwischen einer Tarantel und einem Skorpion zusehen wolle. »Wir tun sie in eine Flasche und schauen zu«, sagte er.

Ich fragte, wer gewinnen würde.

»Keiner von beiden. Die Spinne beißt, der Skorpion sticht, und überleben tut keiner.«

Aber ich wollte den Kampf nicht sehen.

Die Hähne krähen, das Wetter ist schön. Das Meer ist so blau, ich mag diesen Ort, ich wünschte, ich könnte für immer hierbleiben.

Dann war ich wieder zu Hause, doch ich dachte immer noch an das strahlende Wetter, die krähenden Hähne und an die pfeifende Evelina.

Dieser Aufenthalt in Castries war ein wichtiger Einschnitt in meinem Leben. Zum ersten Mal hatte ich Dominica verlassen, zum ersten Mal war ich auf einem großen Schiff gefahren. Wenn Evelina sich die Mühe machte, mir jeden Abend etwas vorzupfeifen, weil sie wußte, daß ich vor dem Dunkeln Angst hatte, dann mußte sie mich gern gehabt haben. Wenn ihr rothaariger Bruder mir anbot, einen Kampf zwischen einer Tarantel und einem Skorpion zu veranstalten, mußte auch er mich gern gehabt haben. Was Mr. Kennaway betraf, so brauchte ich mir über ihn keine Gedanken zu machen. Es gab schließlich auch nette Leute. Ehe ich Castries wieder verließ, hatte mir Tante Be ein paar Kleider genäht, die mir gefielen, aus England hatte man für mich ein Leibchen von Liberty kommen lassen, meine Strümpfe rutschten nicht mehr, und ich betrachtete mich nicht länger als Außenseiterin.

Wenn ich an St. Lucia denke, erinnere ich mich auch an eine lange Schlange von Frauen, die Kohle auf die Schiffe trugen. Einige von ihnen sahen sehr überanstrengt und müde aus, wie sie so diese riesigen Säcke schleppten. Ich dachte nicht gerne an sie, aber ich hatte keine Fragen gestellt. Ich wußte, irgend jemand würde sagen: »Sie werden sehr gut bezahlt«, und jemand anderes: »Ja, aber Frauen sind trotzdem noch billiger.«

Bald nach unserem Besuch auf St. Lucia brach ein großes Feuer in Castries aus, und da alle Häuser aus Holz waren, entstand ein großer Schaden. Doch soweit ich weiß, wurde die Stadt wieder aufgebaut. Ich war sehr bestürzt, als ich neulich jemand nach einer Reise auf die Westindischen Inseln von Castries als einer Barackenstadt sprechen hörte. Vermutlich nennen sie auch Roseau heute eine Barackenstadt.

Ich wußte nicht, ob ich entgegnen sollte: Das ist nicht wahr! oder: Wir können nichts dafür!

Also schwieg ich, wie gewöhnlich.

Wie ich es vorausgesehen hatte, konnten Tante Be und die junge Frau einander nicht ausstehen. Schließlich kam es zum offenen Streit, doch wir erfuhren nie, weshalb. Ging es vielleicht um den *pepper-pot* (Fleisch, das in Chili eingelegt wurde)? Der Topf für den *pepper-pot,* den es in Geneva gab, war angeblich hundert Jahre alt.

Vielleicht dachte die junge Frau, es sei an der Zeit, ihn wegzuwerfen. Wahrscheinlich war aber eher der Garten der Anlaß, den sie trist gefunden haben mag und deshalb neu anlegen wollte.

Wie auch immer, Tante Be ging jedenfalls fort und zog nach Roseau. Ließ die Seidenbaumwollmatratze zurück und den kühlen Ankleideraum, packte, ging fort und kehrte nie mehr wieder. Mein Vater mochte sie sehr gern und fand, sie sei schnöde behandelt worden, deshalb durften wir nie mehr nach Geneva. Ich sah Großtante Jane nie wieder. Was sich in Geneva abspielte, erfuhr ich nie.

Nachdem Tante Be Geneva für immer verlassen hatte, ging sie nach England, ich glaube, nach Edinburgh, und blieb dort lange Zeit. Als sie zurückkam, schien sie eine Fremde. Sie hörte nicht auf, über das Theater zu reden. Sie sprach ununterbrochen über die Schauspieler, die Schauspielerinnen und vor allem über die Bühnenausstattung, von der sie hingerissen war.

Sie hatte sich auch einen großen Hut mit Federn drauf gekauft. Ich weiß noch, er war oben auf ihrem Schrankkoffer so befestigt, daß die Federn nicht zerdrückt wurden. Sie muß großartig damit ausgesehen haben, aber ich sah nie, wie sie ihn trug.

Ich glaube, Tante Be gehörte zu den Leuten, denen dauernd irgend etwas zustößt, denn als sie zurückkam, brach sie sich zu allem übrigen auch noch das Bein. Ich besuchte sie und war sehr befangen. »Was ist denn«, sagte sie, »mach doch nicht so eine Leichenbittermiene, ich bin noch nicht tot!«

Ich fühlte mich jedoch ihr gegenüber immer ein wenig beklommen und brachte auch jetzt nichts anderes zustande als ein ziemlich gequältes Lächeln. Tante Be war, glaube ich, sehr tapfer; heutzutage gibt es das nicht mehr. Meine Mutter war ganz wie sie, bloß schweigsamer.

Poesie

Ich durchblätterte das *Verlorene Paradies*, weil ich darauf aus war, etwas über den Teufel zu erfahren. Für mich und vermutlich für die meisten Leute zu meiner Zeit existierte der Teufel: die Verkörperung des Bösen und aus irgendeinem Grund der Herr dieser Welt. Der Teufel war der Feind der Menschheit. Er haßte die Menschheit, und er ging bei seinen Anschlägen sehr geschickt vor. Er konnte ein sehr gutaussehender junger Mann sein oder auch so häßlich, daß man schon bei seinem bloßen Anblick den Verstand verlor. Er war verantwortlich für all das Böse in dieser Welt, und er führte fortwährend Krieg gegen die Menschheit.

Soweit ich es beurteilen konnte, glaubte jedermann an den Teufel, und der Teufel war schuld an allem, was danebengegangen war. Er konnte mitleiderregend sein wie in *The Sorrows of Satan* oder furchtbar und zerstörerisch. Auf jeden Fall war er aus irgendeinem Grund allmächtig.

Ich las Byron, weil ich hoffte, schockiert zu werden, aber eigentlich betrachtete ich Dichtung nur als ein Prüfungsfach. Die Art, wie man uns in Literatur unterrichtete, änderte nichts an dieser Einstellung. »Zergliedere grammatikalisch den folgenden Text und analysiere ihn ... Zeige die Grammatikfehler im folgenden Text ...«

Dann erschien, wie ein Blitz aus heiterem Himmel, Schwester vom Heiligen Herzen, eine Nonne, die direkt aus England angekommen war und den Literaturunterricht übernahm. Schwester vom Heiligen Herzen muß eine Frau mit Sinn für Ironie und Sarkasmus gewesen sein, denn ihre Kommentare zu Dominica und zu unserem Leben hier brachten mich ganz aus der Fassung. Es war nicht zu verkennen, daß sie viele Dinge, die ich für normal, ja sogar ehrenwert hielt, höchst lächerlich fand. Ich hörte mit Unbehagen zu, halb schokkiert, halb angenehm berührt, und fragte mich, was sonst noch in Dominica Zielscheibe ihres Spotts werden könnte. Aber sie brachte mich bald dazu, meine Meinung über Dichtung und Dichter zu ändern.

Sie hatte eine sehr schöne Stimme und las uns laut vor. Sie führte uns in die Dichtung Shelleys ein, und bald betrachtete ich Shakespeare und Co. nicht mehr als Stoff für Prüfungen. Ich war in der Lage, meine eigenen Entdeckungen zu machen und mich sogar von mir aus zu begeistern.

Zur selben Zeit hatte mein Vater veranlaßt, daß ich bei Mutter Mount Calvary zusätzliche Französischstunden bekam, und so wurde ich nicht nur von englischer, sondern auch von französischer Poesie überwältigt.

Beau chevalier qui partez pour la guerre
Qu'allez vous faire
Si loin d'ici?

Voyez-vous pas que la nuit est profonde,
Et que le monde
N'est que souci?

Natürlich war ich der schöne Ritter, der in die Ferne zog, aber vom Rest des Gedichts nahm ich kein Wort auf. Ich frage mich noch heute, warum sie mich Victor Hugos *Un peu de musique* auswendig lernen ließ.

Partons, c'est la fin du jour
Mon cheval sera la joie,
Ton cheval sera l'amour.

Hieß das nicht, meine vagen Erwartungen reichlich hoch schrauben? Vermutlich hielt sie das Gedicht für eine Allegorie.

Als ich später zu einem kurzen Besuch nach Dominica zurückkehrte, war die erste Nonne, nach der ich mich erkundigte, Schwester vom Heiligen Herzen. Gewiß bilde ich es mir nicht nur ein, daß man sich sehr zurückhaltend, ja sogar widerwillig über sie äußerte. Nun, sie mag eine eigenwillige Nonne gewesen sein, aber ganz sicher war sie eine hervorragende Lehrerin. Meine ganze Liebe zu Wörtern, besonders zu schönen Wörtern, rührt meiner Ansicht nach von ihrem halb ironischen Unterricht her.

Das Geheimnis der Schöpfung

Immer wenn ich im Botanischen Garten spielte und eine Gruppe von älteren Mädchen zusammenstehen sah, die sich lebhaft, doch mit gedämpfter Stimme unterhielten, zog ich mich zurück. Ich lief nicht einfach davon, denn das hätte bedeutet, daß man mich gehänselt hätte, sondern ich zog mich langsam und vorsichtig zurück, bis ich außer Hörweite war. Ich wußte, worüber sie sprachen, aber ich wollte es nicht hören. Ich wollte um keinen Preis etwas davon wissen.

Dann ging ich eines Tages in das leere Sprechzimmer meines Vaters. Ringsum an den Wänden standen braune, altmodisch aussehende Bücher. Ich nahm einen Band heraus. Zufällig schlug ich eine Seite auf, wo in einer Folge von Bildern gezeigt war, wie eine Frau ein Kind bekam. Ich war so entsetzt, daß ich das Buch gleich wieder zumachte, ins Regal zurückstellte und es vermied, das Sprechzimmer zu betreten. Und was ich auf den Abbildungen gesehen hatte, glaubte ich einfach nicht. Das konnte nicht sein.

Dann hatte mein Hund Rex, den ich sehr mochte, ein Techtelmechtel, während ich ihn spazierenführte. Ich hatte das Gefühl, ich dürfte ihn nicht im Stich lassen, und so sah ich zu, völlig entsetzt, und man muß mir mein Entsetzen angesehen haben, denn mehrere Passanten lachten über mich. Es gelang mir, unterwegs das Weinen zu unterdrücken, aber sobald ich zu Hause ankam, brach ich in Tränen aus. Meine Mutter kam ins Zimmer, um herauszufinden, was passiert war. Widerstrebend versuchte ich zu erklären, was geschehen war, und fragte sie, immer noch schluchzend, ob Rex eine schreckliche Krankheit habe und sterben müsse.

»Nein«, sagte sie. »Rex ist es noch nie so gut gegangen.« Dann sah sie mich eine Zeitlang schweigend an. Vermutlich erkannte sie, daß sich hier die Gelegenheit bot, mich aufzuklären, aber sie war keine Frau, die viele Worte machte, und in jedem Fall hatte sie sich keine passenden zurechtgelegt. Mein Erlebnis traf sie unvorbereitet. Schließlich bemerkte sie: »Du brauchst deshalb nicht zu weinen« und verließ das Zimmer ohne eine weitere Erklärung.

Danach schob ich sämtliche Erlebnisse, die mit Sexualität zu tun hatten – denn natürlich bekam ich einiges mit –, ganz weit von mir weg und ahnte nicht, daß ich sie damit für den Rest meines Lebens bis ins kleinste im Gedächtnis behalten würde. Ich wurde immer geübter darin, Dinge zu ignorieren, indem ich mich weigerte, über sie nachzudenken.

Mit der Zeit wurde aus dieser entschiedenen Abwehr Neugier und Faszination.

Ich notierte in meinem Schulheft, in das ich heimlich Gedichte schrieb: »Mr. Walton kam heute zum Essen. Danach setzte er sich in einen hohen Lehnstuhl. Er war so schön, daß ich Angst hatte, ich würde in Ohnmacht fallen.«

Je älter ich wurde, um so mehr Dinge gab es, über die ich mir den Kopf zerbrechen mußte. Religion wurde damals so ernst genommen wie heute Politik. Würde ich mehr über den Katholizismus erfahren wollen, oder würde ich der anglikanischen Kirche treu bleiben? Dann war da das Problem von Schwarz und Weiß, ganz zu schweigen von den Farbigen. Hatte ich jemals ernsthaft darüber nachgedacht? War meine Vorsicht gerechtfertigt? Oder war mein Gefühl »Das ist nicht fair, das ist einfach nicht fair« der Wahrheit näher?

Und dann gab es noch die Sache mit den Ladies und den Gentlemen, und die war schrecklich kompliziert und sehr bedeutsam. Drei Generationen waren notwendig, um einen Gentleman hervorzubringen, sagte man mir – oder waren es vier? Und obwohl ich das nicht so recht glaubte, zählte ich doch ängstlich die Generationen auf, die ich kannte. »Geborene Gentlemen« gab es, aber offensichtlich keine »geborenen Ladies«. Das war wahrscheinlich richtig so.

So vergrub ich mich, sobald ich konnte, in die unendliche Welt der Bücher und versuchte, die reale Welt auszuschalten, die so verwirrend für mich war. Schon damals ließ mich das unbestimmte Gefühl nicht los, daß ich mir in dieser Welt immer verloren vorkommen würde, verloren und besiegt.

Ich entdeckte jedoch, daß auch Bücher immer von denselben Themen handelten, wenn auch auf andere Weise. In Büchern konnte ich es akzeptieren, und unglückseligerweise bezog ich allmählich das meiste von dem, was ich dachte und glaubte, aus Büchern.

Die alte Victoria-Gedächtnisbibliothek war abgerissen worden, und an ihrer Stelle gab es die neue Carnegie-Bibliothek. Dort war es sehr angenehm und gewöhnlich leer. Wenn ich in einem Schaukelstuhl auf der Veranda saß, vertieft in das, was ich für die reale Welt hielt, konnte niemand glücklicher sein als ich. Ich strebte nur danach, mich in diese Welt zu versenken und alles andere zu vergessen.

Niemand riet mir je zu einer bestimmten Lektüre oder verbot mir, ein bestimmtes Buch zu lesen. Ich sah sogar das Fach mit den raren und unanständigen Büchern durch, aber ich erinnere mich nicht, daß irgendeines großen Eindruck auf mich gemacht hätte. Mir gefielen Bücher über Prostituierte; damals gab es eine ganze Menge davon, und ich erinnere mich lebhaft an den Roman eines Autors namens Filson Young mit dem Titel *The Sands of Pleasure*. Er muß sehr gut geschrieben gewesen sein, sonst hätte ich ihn nicht bis zum heutigen Tag so genau im Gedächtnis. Er spielte in Paris und handelte von der Liebesaffäre eines Engländers mit einer anspruchsvollen Lebedame.

Ich beschäftigte mich in Gedanken viel mit England, nicht mit dem realen Ort, sondern mit dem, was ich darüber gelesen hatte. Ich stellte mir England im Winter vor, als ein Land, bedeckt mit Schnee und Eis, aber auch übersät mit Millionen und aber Millionen von Kaminfeuern. In Büchern, besonders in denen von Dickens, kam Hunger, Elend und Armut vor, aber von

Kälte war selten die Rede. Daraus schloß ich, daß die Engländer entweder die Kälte nicht spürten, was sicherlich nicht möglich war, oder daß jeder einen Kamin hatte. Zum Beispiel unterhielten sich Bill Sykes und Nancy vor einem lodernden Feuer. Kälte: Ich konnte mir nicht vorstellen, wie es ist, wenn man friert, aber ich haßte das Wort Kälte.

In andere Wörter hatte ich mich verliebt, in das Wort *wisteria* [Glyzinie] zum Beispiel. Ich fand heraus, daß es eine Kletterpflanze war, kräftig genug, daß die wilden irischen Mädchen vom Fenster des Schlafsaals aus daran hinunterklettern und in das Leben und die Freiheit entkommen konnten. Ich war sicher, daß sie Blüten hatte, aber von welcher Farbe? Rot? Nein. Blau? Nein. Auch nicht weiß. Lieblingswörter und Wörter, die ich widerwärtig fand.

Als ich Jahre später zu einem kurzen Besuch nach Dominica kam, ging ich natürlich in die Bibliothek. Sie war jetzt nicht mehr leer, so wie früher, sondern überfüllt, und vor der Buchausgabe stand eine lange Schlange. Zuerst fand ich, daß dieser Anblick etwas Rührendes hatte, all diese schwarzen Hände, die sich eifrig nach den Büchern ausstreckten. Dann bemerkte ich, wie krank die Bibliothekarin aussah, die ich natürlich kannte. Während die Leute einer nach dem andern an ihr vorbeigingen, nahm sie jeweils das Buch, stempelte es und reichte es wieder zurück. Niemand sah sie an, und niemand bedankte sich. Sie schienen die Frau für eine Maschine zu halten, und die Art, wie sie ihre Arbeit verrichtete, hatte auch wirklich etwas Roboterhaftes. Sie stempelte ein Buch ums andere, und mit jedem Buch schien sie müder zu werden und kränker auszusehen. Ich war nicht im mindesten überrascht, als ich einige Tage später hörte, daß sie gestorben sei.

Ich glaube, daß man mich wohl oder übel so erzogen hat, daß ich beide Seiten des Problems sah. Manchmal frage ich mich, ob ich die einzige bin; denn wer weiß schon oder wen kümmert es schließlich, ob es zwei Seiten gibt?

Als ich heranwuchs, erschien mir das Leben nicht eintönig oder langweilig. Selbst abgesehen von Büchern war es oft aufregend. Natürlich war es nicht annähernd so wunderbar, wie es in England sein würde, aber für den Augenblick war ich damit ganz zufrieden. Da waren zum Beispiel die Pferde. Wir hatten zwei, Preston und March. An Samstagnachmittagen machte ich fast immer mit Preston, dem Rappen, einen Ausritt. Wir ritten auf der ebenen Straße um die Wette, vorbei am Anwesen der Canefields, und wenn Preston Sieger wurde, küßte ich seinen glänzenden Hals, streichelte seine Mähne und sagte »Liebling, Liebling«, denn er war ein gutmütiges Pferd, das sich Vertraulichkeiten gefallen ließ. Doch dann kaufte Tante Be eine Stute aus St. Lucia und stellte sie in unserem Stall unter, als sie nach England reiste. Sie hieß Irene und war ein hübsches Pferd, aber ich hatte Angst vor ihren langen Zähnen und ihrem Blick, und ich traute mich bestenfalls, sie zurückhaltend zu tätscheln.

Warum macht einen eigentlich der Umgang mit Pferden glücklich? Es ist einfach so. Kam ich von diesen Ausritten zurück, so hatte ich immer das Gefühl, das Leben sei herrlich und würde sicher später immer herrlicher werden (England, ja England!).

Es gab auch andere Vergnügungen. Die Leidenschaft meines Vaters für das Kartenspiel wurde nicht durch seine Bridgepartien im Club gestillt. Bis zu zweimal in der Woche wurde bei uns zu Hause Bridge gespielt, und es machte mir Spaß, meiner Mutter dabei zu helfen, die mit grünem Stoff bezogenen Spieltische aufzustellen, die Karten, die Aschenbecher und hinten an der Wand den Whisky und das Sodawasser bereitzustellen. Das Eis wurde, sorgfältig eingewickelt, in der Vorratskammer aufbewahrt. Um neun Uhr feuerte man die alte Kanone auf dem Fort ab, und ich mußte ins Bett gehen, lange, bevor die Gäste kamen.

Und dann gab es die Musikabende. Auch da wurden Whisky, Sodawasser und Eis bereitgestellt, aber wer dachte schon ans Trinken, wenn man zuhören konnte, wie Mrs. Wilcoxon sang: »Wenn wir ein Paar sind, ja was tun wir dann?« oder »Die Belagerung von Lucknow« – doch das sang Mrs. Miller. Ich wußte nicht, wo Lucknow war, aber ich war immer ganz ergriffen, wenn sie von der kranken Frau aus dem Hochland sang, die die Dudelsäcke der Highlanders, die den Belagerten zu Hilfe kamen, als erste hörte, und wenn es am Schluß hieß: »Die Campbells kommen«, wurden meine Hände vor Erregung feucht.

Bevor ich alt genug war, um während der Musikabende aufbleiben zu dürfen, saß ich immer auf dem Treppenabsatz und sah durch die Stäbe des Geländers in einen dunklen Gang. An dessen Ende war das Zimmer, aus dem die Musik kam. »Die Nacht hat tausend Augen«, sang jemand, und plötzlich will ich nicht mehr zuhören, sondern nur noch in mein Zimmer gehen und mich schnell ausziehen.

»Die Nacht hat tausend Augen« – ja, alles hat Augen. Spinnen haben Augen, unheimlich viele Augen, meint man, wenn man eine Spinne durchs Mikroskop ansieht. Nachtfalter haben Augen, Käfer haben Augen, auch Hundertfüßler, glaube ich. Auch die widerwärtigen fliegenden Kakerlaken haben Augen.

Das Fenster stand weit offen. Es war heiß, furchtbar heiß. Ein Kakerlak könnte hereinfliegen. Die kalten Sterne sehen mich an. »Die Nacht hat tausend Augen«, eher schon eine Million, kommt mir vor.

Meine kleine Schwester schlief im Gitterbett, dem Gitterbett, in dem ich auch einmal lag. Was würde es nutzen, wenn ich sie wecken würde? Lieber zog ich mir das Laken über den Kopf und versteckte mich. »Die Nacht hat tausend Augen.«

Was meine kleine Schwester betrifft, so ist es merkwürdig, wie wenig ich von ihr in Erinnerung habe. Sie war zu jung, um eine Spielkameradin zu sein, aber alt genug, daß ich ahnen konnte, sie würde es nie werden.

Sie war offen und lebhaft. Kaum wurde sie etwas größer, schien sie viele Freunde zu haben. Sie schien alles zu tun, was man von ihr erwartete, und nichts, was man nicht von ihr erwartete. Ich glaube, ich mochte sie auf eine unbestimmte Art, aber wir waren uns nie sehr nahe.

Meine deutlichsten Erinnerungen an sie stammen aus einer sehr viel späteren Zeit, als sie, eher widerwillig, in der Gruppe mitmachte, mit der zusammen ich meine Theaterstücke aufführte. Ich glaube, das langweilte sie, und die Tatsache, daß sie immer die Prinzessin war und es mir nichts ausmachte, den bösen alten Baron zu spielen, interessierte sie nicht.

Sie hatte ein süßes Gesicht

Mein Vater

Die Schwester meines Vaters, die Clarice hieß, verbrachte dreimal den Winter bei uns in Westindien. Beim ersten Mal war ich noch zu klein, um mich an den Besuch erinnern zu können, oder vielleicht war ich auch noch gar nicht geboren. Das dritte Mal kam sie, um mich nach England mitzunehmen. Beim zweiten Mal blieb sie mehrere Monate, und vor allem aufgrund ihrer Erzählungen konnte ich mir eine ungefähre Vorstellung vom Leben meines Vaters machen.

Ich wußte, er war der Sohn eines anglikanischen Geistlichen, der eine Pfarrstelle in einem kleinen Dorf in Wales innegehabt hatte, dessen Namen ich nie behalten konnte. Ich hatte auch vage mitbekommen, daß er von zu Hause ausgerissen war, um zur See zu gehen. Aber erst Tante Clarice beschrieb mir, wie er in Cardiff aufgegriffen und ins Pfarrhaus zurückgebracht worden war. Zu jener Zeit war er noch nicht ganz vierzehn. Offensichtlich hatte er es sich jedoch in den Kopf gesetzt, sein Leben auf See zu verbringen, und er wurde auf das Schulschiff *Worcester* geschickt. Als er dort wegging, heuerte er auf einem Segelschiff an. Am Ende dieser Reise kam er widerwillig ins Pfarrhaus zurück. Ich hörte ihn nur einmal von der Reise auf dem Segelschiff erzählen, während der er so unglücklich gewesen war, und das blieb mir in Erinnerung. Der Schiffskapitän muß ein sehr brutaler Mann gewesen sein; er sagte zu ihm: »Ich werd' dich schon Mores lehren, wenn du denkst, du bist ein feiner Herr.« Da mein Vater jedoch seinen Vater nicht mochte, war er zu Hause *noch* unglücklicher.

Im Wohnzimmer in Roseau hing die Photographie eines alten Mannes mit einem steifen Kragen. Eines Tages kam ich unbemerkt herein und sah, wie mein Vater vor der Photographie stand, mit der Faust drohte und fluchte. Meine Mutter interpretierte die Szene so: »Den alten Mann hat jeder Penny gereut, den er für Willie ausgegeben hat. Alles mußte der älteste Sohn kriegen, sein Lieblingskind.«

Als mein Vater sich entschloß, Arzt zu werden, war es seine Mutter, die das Geld für die Ausbildung beschaffte. Sobald er seinen Doktor gemacht hatte, bekam er eine Stelle als Schiffsarzt.

Wenn andere Kinder mit ihrer reichen oder vornehmen Verwandtschaft prahlten, sagte ich immer, daß mein Vater in jedem Land der Welt gewesen sei. Zumindest kannte er eine ganze Reihe von Ländern. Von seinem Leben in den darauffolgenden Jahren wußte ich nichts. Warum er nach Dominica kam, als er beinahe dreißig war, wie er meine Mutter kennenlernte, all das wußte ich nicht. Tante Clarice war es, die mir erzählte, daß er ein böses Fieber bekam, nachdem er einen Regierungsposten angenommen hatte. Er wohnte damals nicht in Roseau; sein Distrikt war in der Nähe des Anwesens von Geneva, und als die Zwillinge von seiner Krankheit erfuhren, kamen sie herüber und pflegten ihn gesund. Sobald er sich erholt hatte, heiratete er meine Mutter. Das ist ungefähr alles, was man mir zumindest erzählt hat oder was ich mir zusammenreimte.

Ich habe meinen Vater als einen Mann mittlerer Größe in Erinnerung, mit breiten Schultern und üppigem grauen, lockigen Haar. Hin und wieder ging er zum Friseur und ließ es sich so kurz schneiden, daß man die Kopfhaut sah. Dann fand ich ihn abscheulich und konnte mich nur mit Mühe überwinden, ihm einen Gutenachtkuß zu geben, aber das Haar wuchs bald wieder nach. Er hatte einen roten Schnurrbart, keinen wie Kaiser Wilhelm, wie Hitler oder Zapata, sondern einen sympathischen Schnurrbart.

Meine Tante Clarice war es auch, die mir zuerst den Gedanken nahelegte, mein Vater sei ein trauriger Mann, der ständig mit seinem Schicksal als Emigrant auf einer kleinen karibischen Insel haderte. Bis dahin hatte ich immer das Gegenteil geglaubt.

Den Eingang zu unserem Haus bildete ein langer Gang, den wir die Galerie nannten und in dem nichts war außer einem Korbsofa; am hinteren Ende stand ein runder Tisch, darauf eine Leselampe mit grünem Schirm, die letzte Wochenendausgabe der *Times*, vierzehn Tage alt, sein Pfeifenständer und daneben ein großer Lehnstuhl, in dem mein Vater saß und las, wobei wir ihn nicht stören oder mit ihm sprechen durften. Es hieß dann, er lese, aber las er denn wirklich? Erst nach

Tante Clarices Enthüllungen fragte ich mich, ob er nicht vielleicht Kräfte sammelte, um glücklich und vergnügt zu erscheinen. »Armer Willie«, pflegte sie bedeutungsvoll zu sagen. »Armer, armer Willie.«

Selbstredend konnten meine Mutter und meine Tante sich nicht leiden, wenn sie auch äußerst höflich miteinander umgingen. Etwas an Tante Clarice verursachte mir Unbehagen. Ihre langen Finger waren nicht hübsch, sondern furchteinflößend. Ich ahnte die tiefere Bedeutung hinter dem, was sie sagte, so daß ich nicht unbedingt glücklich war, als man mir erklärte, sie werde mich nach England begleiten, wo ich auf die Schule gehen sollte. Wenn ich heute über sie nachdenke, weiß ich immer noch nicht recht, was ich von ihr halten soll. Ich weiß nicht, ob sie eine freundliche, doch gehemmte Frau gewesen ist, die es um ihres Bruders willen mit mir aushielt, solange sie konnte, oder eine kühle, sarkastische Person, der ich von Anfang an mißfiel und die heilfroh war, als sie mich bei der erstbesten Gelegenheit loswurde.

Zu ihren Gunsten muß ich sagen, daß später, als sie mich in London nach meiner ersten Probe von *Our Miss Gibbs* abholen kam, alle Mädchen von ihr entzückt waren. »Also das ist deine Tante, ist die aber nett!«

Tante Clarice war es, die mir von der legendären Tante Jeanette erzählte. Sie war eine große Schönheit gewesen und hatte einen Mathematikprofessor an der Universität von Cambridge geheiratet. Er war viel älter als sie, schlampig, unattraktiv und so geistesabwesend, daß er eine Witzfigur war, wenn er etwa im Pyjama zur Vorlesung kam. Man nannte die beiden »Die Schöne und das Tier«.

Als ich nach England kam, lebte ich für kurze Zeit auch in Cambridge. An Samstagnachmittagen ging ich immer zum Tee zu Tante Jeanette, die irgendwo in der Trumpington Road wohnte. Sie war noch immer sehr schön und hatte, wie andere Damen jener Zeit, ein ihr treu ergebenes Dienstmädchen. Ich hatte Angst vor dem Mädchen, das mich immer mit schmalem Mund und mißtrauischem Blick an der Tür empfing. Tante Jeanette pflegte im Sessel im Wohnzimmer zu sitzen, schön gekleidet und nicht minder schön frisiert; ihre wunderbaren zarten Hände wirkten beinahe durchsichtig, wenn sie sie vors Feuer hielt. Mir war nie ganz wohl, aber ich wußte, ich genoß ein Vorrecht.

Eines Nachmittags, als wir an unserem Tee nippten, fragte sie mich: »Hast du schon einmal das Lied der Lieder gelesen?«

Ich fragte: »Das in der Bibel, meinst du? Ja, das habe ich gelesen.«

»Ich hoffe«, sagte sie streng, »daß du dir nicht einbildest, es geht dabei um eine Frau oder um die Gefühle eines Mannes für eine Frau. Es ist eine Allegorie, und sie stellt die Beziehung zwischen Christus und Seiner Kirche dar.«

»Aber Tante Jeanette«, sagte ich, »Christus war noch nicht geboren, als Salomo das schrieb.«

»Es ist eine prophetische Allegorie«, sagte sie. »Bedeutende Gedichte sind oft Allegorien. Hinter der einen Bedeutung gibt es noch eine zweite.«

»Ist Omar Chayyam auch eine Allegorie?« fragte ich. Zu der Zeit gefiel mir Omar Chayyam sehr.

»O nein, das ist keine Allegorie. Das ist nur eine schlechte Übersetzung.«

»Er gefällt mir trotzdem«, sagte ich.

»Wie du meinst. Aber Leute, die es eigentlich wissen müßten, sagen mir, daß Fitzgeralds Übersetzung wirklich sehr ungenau ist.«

Meine Samstagnachmittagtees bei Tante Jeanette waren ziemlich einschüchternd, aber ganz gewiß nicht langweilig. Ich bekam bei ihr den ganzen Klatsch aus dem Cambridge ihrer Jugendzeit mit.

»Der arme Darwin. Er ist durch die Labyrinthe der Schöpfung geirrt und hat dabei seinen Schöpfer verloren.«

Ich fand Tante Jeanette in der Regel höchst faszinierend. Ich war sehr überrascht, als sie mich bei einem meiner letzten Besuche umarmte und küßte und sagte: »Mein armes, armes Lämmchen.« Vielleicht wußte sie, daß mir eine stürmische Überfahrt bevorstand und ich die meiste Zeit seekrank sein würde.

Heute bin ich mir sicher, daß Tante Clarice nicht recht hatte, was meinen Vater betraf. Er war kein trauriger Mann. Er war ein aktiver, lebenslustiger Mann, der viele Freunde hatte. Er war traurig, als seine Mutter starb, so traurig, daß seine Trauer das ganze Haus erfüllte. Damals tat er nicht einmal so, als läse er. Wenn ein Freund kam, sah ihn mein Vater an und sagte: »Sie ist tot.« »Wer ist tot?« fragte der Freund. Mein Vater antwortete nicht, und der Freund ging ins Wohnzimmer, wo meine Mutter erklärte, mein Vater habe eine sehr schlimme Nachricht erhalten.

Das war die irische Großmama gewesen, also gab es keine Weihnachtsgeschenke, keine Bücher mehr. Ihr letztes Geschenk für mich war ein Roman über Richard Brindsley Sheridan und seine Liebe zu Elizabeth Linley, einer Sängerin. Vermutlich schenkte sie mir das Buch, um mir zu verstehen zu geben, daß sie sich bewußt war, daß ich allmählich erwachsen wurde.

Wahrscheinlich idealisierte ich meinen Vater, vielleicht deshalb, weil ich ihn so selten zu Gesicht bekam. Der Unterricht im Kloster begann schon um acht Uhr. Wir wurden gewöhnlich gegen sechs Uhr wach und frühstückten um sieben, doch nur mit meiner Mutter. Das Frühstück war köstlich; es gab guten Kaffee und warme, am selben Morgen gekaufte Brötchen. Man machte damals gutes Brot, keine Croissants, dafür *petits pains,* die man der Länge nach aufschnitt, damit die Butter innendrin schmolz. Gegen halb acht war ich auf dem Weg zum Kloster. Mein Vater stand erheblich später auf und frühstückte etwa um neun Uhr. Er bekam ein englisches Frühstück, wie meine Mutter es nannte, aber es bestand nur aus einem weichen Ei. Nach dem Frühstück machte er sich auf den Weg zu einem seiner Distrikte, im Zweispänner, wenn der Zustand der Straßen es erlaubte, andernfalls zu Pferd. Meistens aß er mit einem Freund oder mit dem Priester des Orts zu Mittag. Er betreute den Sprengel und das Kloster. Wenn er nach Hause kam, waren wir bereits wieder in der Schule. Ich nehme an, er machte nachmittags Hausbesuche, oder die Patienten kamen zu ihm. Kaum war die Tagesarbeit getan, ging er in den Club, um Bridge zu spielen, denn Karten waren seine Leidenschaft.

Eine Zeitlang aß die ganze Familie gemeinsam zu Abend, und dann sah ich meinen Vater. Meine Mutter hörte ihm stundenlang zu, wenn er sich über englische Politik verbreitete, wobei er sich sehr ereiferte, doch sie äußerte nie eine Meinung. Das einzige, was meine Mutter mit einem Seitenblick auf uns zu sagen pflegte, war: »Laßt das doch!« Wir hatten entdeckt, daß sich auf den Fingerschalen Melodien spielen ließen. Das Aufregende war, daß jede Schale anders klang, und wieder anders, wenn man sie auf eine Serviette stellte. Hing das von der Wassermenge ab? Ich hätte es so gern ausprobiert, doch ich kam nie dazu, weil die Schalen nach dem Essen wieder weggeräumt wurden.

Nie schien mein Vater uns auch nur wahrzunehmen; er war viel zu sehr damit beschäftigt, die verschiedenen englischen Politiker zu tadeln oder zu loben, während meine Mutter uns die ganze Zeit im Auge behielt. Bald durften wir nicht mehr gemeinsam mit den Erwachsenen essen, besonders, wenn Gäste da waren, weil man zu dem Schluß gekommen war, wir würden doch bloß stören.

Das war das Leben meines Vaters, wie ich es kannte, und ich glaube immer noch, er genoß es, zumindest teilweise.

Ich erinnere mich, daß er immer nett und freundlich

zu mir war. Er war es, der den verhaßten Teller Haferbrei abschaffte, den meine Mutter mir plötzlich jeden Morgen vorsetzte, und dafür sorgte, daß ich statt dessen ein in heiße Milch geschlagenes Ei mit Muskatnuß bekam. Er war es, der die zusätzlichen Stunden in Mathematik abschaffte, als er gesehen hatte, daß ich weinte, weil ich nie etwas begriff.

Seine Gewohnheit, seine verschiedenen Freunde aufzuzählen (vermutlich, um sich seiner selbst zu vergewissern), und seine weitschweifigen Reden über englische Politiker waren langweilig, aber ich fand das nicht.

Was ich von meinem Vater in Erinnerung habe, sind nur Kleinigkeiten. Ich weiß noch, wie er Arm in Arm mit mir auf der Veranda auf und ab ging und wie gut mir das gefiel. Er schenkte mir eine Korallenbrosche und ein silbernes Armband.

Eine meiner letzten Erinnerungen an ihn: Er unterhielt sich mit einer Frau, die die meiste Zeit ihres Lebens in Indien verbracht hatte. Sie war klein und dünn und braungebrannt. Sie müssen über Religion gesprochen haben, über Buddhismus, denn sie sagte: »Was hat man davon, wenn man Hunderte und aber Hunderte von Leben lebt, bloß um im Nichts zu enden?« Er sagte: »Aber das Nirwana ist nicht das Nichts. Das Nirwana ist . . .«

Ich habe vergessen, wie er das Nirwana erklärte.

Ich spürte oder merkte instinktiv, daß mein Vater Frauen mochte. Manche der Männer, denen ich begegnete, konnten mit Frauen nichts anfangen, auch das merkte ich. Zum Beispiel Mr. Kennaway. Wenn mein Vater jedoch mit einer Frau sprach, besonders, wenn sie hübsch war, hatte er eine nettere Art, war er zum Scherzen aufgelegt. Man konnte sehen, daß ihm Frauen gefielen. Auch pflegte er hemmungslos mit jeder attraktiven Frau zu flirten, die ins Haus kam. Meiner Mutter schien das überhaupt nichts auszumachen, und heute frage ich mich, ob es sie nicht doch störte und sie es sich nur nicht anmerken ließ.

Es erscheint mir immer noch merkwürdig, daß er tot ist. Ich erfuhr neulich, daß das Keltenkreuz, das meine Mutter so stolz auf seinem Grab errichtet hatte, umgeworfen wurde, so daß sein Grab nicht mehr gekennzeichnet war. Wer immer das getan hatte, ich haßte ihn und dachte: Auch ich kann hassen.

Sonntage

Sogar an Sonntagen bekamen wir meinen Vater kaum zu Gesicht. Sonntags schien immer schönes Wetter zu sein. Das war Gottes Walten, dachte ich. Es war auch stets sehr heiß, so daß es schwierig war, still zu stehen, während die Schleife an meinem weißen Kleid hinten zugebunden wurde. Ich hatte zwei Schleifen, eine rosafarbene und eine blaue. In der größten Mittagshitze machten wir uns auf den Weg, den Hügel hinauf zur anglikanischen Kirche. Mein Vater ging nie mit, doch wir alle wußten, daß er sonntags ausruhen mußte, und stellten das nie in Frage.

In der Kirche langweilte ich mich die meiste Zeit zu Tode, besonders während die Litanei gesungen wurde. Das Wort Langeweile kannte ich zwar nicht, doch das Gefühl war mir vertraut, das sich einstellte, wenn Mr. Dance eintönig daherpsalmodierte und die dünnen Betkissen, auf denen wir knieten, noch dünner wurden und unsere Knie zu schmerzen begannen. Hin und wieder fielen mir manche der Parodien auf die Litanei ein, die beginnt: »Erhebe Dich, wie flehn zu Dir«, zum Beispiel: »Erhebe Dich, wir flehn zu Dir, und koch uns einen Brei. Gewähre uns, wir flehn zu Dir, daß er recht zuckrig sei.« Dann wanderten meine Gedanken wieder zu dem zurück, was der Geistliche sagte: »Bei Deinem Todeskampfe und Deinem blutigen Schweiß, bei Deinem Kreuz und Leiden . . .«

Es war viel zu heiß in dieser Kirche. Sogar meine Mutter, die die Hitze nie spürte, fächelte sich ununterbrochen mit einem großen Palmblattfächer zu. Die Bank in unserer Nähe, jenseits des Mittelgangs, war einem gewissen Mr. Burton, seiner Frau und seinen beiden Kindern vorbehalten. Sie knieten nie nieder, weil Mr. Burton es mißbilligte. Er sagte, das sei papistisch, und er würde vor nichts und niemandem niederknien. Wenn die übrige Gemeinde kniete, saßen sie deshalb alle zusammengekauert auf der äußersten Kante der Bank, mit gesenktem Kopf und geschlossenen Augen. Das sah sehr unbequem aus, und wenn sich jeder dann wieder aufrichtete, war Mr. Burton erhitzt und rot im Gesicht. Er erholte sich jedoch bald so weit, daß er Mr. Dance, den Geistlichen, argwöhnisch beobachten konnte, den er verdächtigte, noch mehr solcher papistischen Praktiken einführen zu wollen, wie den Kniefall, den Weihrauch, schließlich auch noch die Beichte, und am Ende waren Tür und Tor geöffnet für die große Hure Babylon. Was die Marienverehrung betraf, so pflegte Mr. Burton zu sagen: »Eine Frau anbeten – dann doch lieber gleich eine blöde Kuh!« Die Gemeindemitglieder, die der High Church angehörten, verneigten sich tief, wenn der Name Jesus fiel, und sahen während des Vaterunsers nach Osten.

Vor uns saßen die drei Miss Porter. Die Jüngste in

der Mitte, während die beiden anderen sie beaufsichtigten. Die junge Miss Porter war einst Mittelpunkt eines großen Skandals gewesen. Sie hatte sich mit einem jungen Engländer verlobt, der auf Besuch dagewesen war, und war sehr in ihn verliebt. Sie zeigte jedem ihren Ring und sagte, daß sie nach der Hochzeit mit ihrem Mann in England leben würde (welche Wonne!). Sie war sehr aufgeregt bei dem Gedanken, seine Familie kennenzulernen, sagte sie, aber er war so ein netter Mann, sicher würde auch seine Familie nett sein. Dann verschwand Geoffrey – das war der Name des jungen Engländers. Ohne ein Wort der Erklärung zu irgend jemandem buchte er seine Überfahrt auf der Royal Mail nach Southampton. Zuerst wollte es Miss Jessie nicht glauben.

»Er muß eine schlechte Nachricht bekommen haben. Ein Brief wird kommen, der alles aufklärt.«

Aber es vergingen Wochen, dann Monate, und kein Brief kam. Zuerst war jedermann voller Mitgefühl. Es war schändlich, ein Mädchen so zu behandeln, einfach schändlich! Leider kann man Männern nicht trauen. Als jedoch bekannt wurde, wie Miss Jessie sich aufführte, als sie die Hoffnung schließlich aufgab, gingen die Meinungen auseinander. Sie riß das Porträt der Königin Victoria von der Wand, zerschlug das Glas, spuckte auf das Bild und trat darauf herum, zerfetzte es schließlich und führte dabei die unflätigsten Reden im Munde (Kaum zu glauben, was für Wörter sie kannte, sagten die Dienstboten). Dann wurde sie sehr krank und fiel allen nicht wenig zur Last, wie jedermann sagte. Wenn sie es so gemacht hätte wie die arme Jennie Dixon, die sich nach einer ähnlichen Erfahrung still ins Bett gelegt hatte und gestorben war, oder wie Rosemary Acton, die sich überhaupt nichts daraus gemacht hatte und einen anderen heiratete . . . jede war bewundernswert in ihrer Art. Von Miss Jessie konnte man das keineswegs behaupten. Manche Leute sagten sogar, Geoffrey habe einen flüchtigen Eindruck von ihrem heftigen Temperament bekommen und sei deshalb geflohen. Wie dem auch sei, jedenfalls saß sie Jahre später wie eh und je da, auf ihrem Platz in der Reihe vor uns. Das Merkwürdige war, daß nach dieser ganzen Zeit ihr Gesicht immer noch hübsch war, fast faltenlos. Aber sie sah nicht jung aus. Überhaupt nicht. Irgendwie verkniffen. Sie sprach auch kaum jemals, außer wenn man sie ansprach, und hatte so eine seltsame Art, ins Leere vor sich hin zu starren.

»Miss Jessie ist nicht ganz bei sich«, sagten die Leute.

»Wo ist sie aber dann?« fragte ich eines Tages.

»So sagt man eben«, antwortete meine Mutter.

Ich erinnere mich noch an ein paar andere Leute. Mrs. Jarvis hatte sehr große braune Augen, so schmachtend, so traurig, so flehend, und sie bekamen so plötzlich einen scharfen, neugierigen Ausdruck, wenn sie eine andere Frau musterte. Sie war eines von den Schafen, die aufblicken und nichts bekommen, womit sie ihren Hunger stillen könnten. Warum verändert sich ihr Blick? Sie war sehr dünn, und der Arzt sagte ihr, sie solle während der größten Hitze des Tages nicht nur einfach ausruhen, wie es die meisten Leute taten, sondern sich ausziehen, ins Bett gehen und zu schlafen versuchen. Aber sie wurde immer dünner, ihr Blick immer hungriger und forschender. An Mr. Jarvis kann ich mich überhaupt nicht erinnern.

Dann war da noch Mr. Porter, groß und ebenfalls sehr dünn, ein Freigeist, wie es damals hieß, Vegetarier und Sozialist. An eine Mrs. Porter erinnere ich mich nicht.

Mr. Scully lebte nur von Obst.

Der religiöse Tick

Als ich erfuhr, daß man mich als externe Schülerin ins Kloster schicken wollte, bekam ich große Angst. Ich weinte, brüllte wie am Spieß und klammerte mich an meine Mutter; ich machte ein solches Theater, daß man mich zunächst in Ruhe ließ. Diese Angst kam nicht ganz von ungefähr. Es gab unter den Weißen gewisse Vorurteile gegenüber dem Katholizismus, und ich hatte viele Schauergeschichten über die Nonnen gehört. Dann waren auch die meisten Mädchen in der Klosterschule Farbige, das heißt Mischlinge – ein weiterer Grund, weshalb man sich allgemein darüber verwunderte, daß ich dorthin geschickt werden sollte. Am Tag nach meinem Schreikrampf brachte man mich trotz meines Sträubens ins Kloster. Ich mochte die zwei Laienschwestern nicht, die mir als erste begegneten, aber die anderen Nonnen und die meisten Mädchen waren nett, und bald war ich mit der Schule ausgesöhnt.

Ich weiß, wie sehr einen das Gedächtnis täuschen kann, aber ich glaube immer noch, es war ein großes, kühles grünes Anwesen. Es gab drei Gebäude. Da war zunächst das Haus, in dem die Nonnen lebten; dort befand sich die Kapelle, auch das Zimmer, in dem die

Mutter Oberin ihre Besucher empfing, und zwei kleine Zellen mit Klavieren, wo diejenigen von uns übten, die Musikunterricht bekamen.

Man mußte ziemlich lang gehen, bis man durch eine recht weiträumige Anlage mit zwei Bäumen und viel Grünfläche zum zweiten Haus kam. Hier waren unsere Klassenzimmer, im zweiten Stock die Schlafsäle, ein weiterer Raum, in dem wir aßen, und im Freien gab es ein Wasserbecken aus Stein. Neben dem Eßzimmer befand sich die Schule für schwarze Kinder. Wir hörten immer, wie sie das Einmaleins aufsagten: »Zweimal eins ist zwei, zweimal zwei ist vier ...«

Wenn der Katechismus gelehrt wurde oder wenn man uns Geschichten aus dem Leben der Heiligen vorlas, während wir Handarbeiten machten, bekam ich nicht viel mit. Aber mir gefiel der katholische Katechismus besser als der anglikanische.

»Wie heißt du?« »L. oder M.« Ich war weder L. noch M. Das betraf mich nicht. »Wer gab dir diesen Namen?« »Mein Pate und meine Patin bei meiner Taufe.« Ich kannte nicht einmal den Namen meines Paten. Auf dem Büfett stand ein Silberbecher, den er mir als traditionelles Geschenk gegeben hatte, bevor er die Insel verließ; er hieß einfach »Gwens Becher«.

Mir war daher der katholische Katechismus lieber, der viel direkter war. »Wer hat dich erschaffen?« wurde dort gefragt, und das einzige, was mir vom Katechismusunterricht deutlich in Erinnerung blieb, ist ein kleines Mädchen, das hartnäckig auf seiner Antwort beharrte: »Meine Mutter.«

»Nein, Kind, das ist nicht die richtige Antwort. Denk mal nach – wer hat dich erschaffen?«

»Meine Mutter«, wiederholte das Mädchen unerschütterlich. Schließlich wurde sie von der aufgebrachten Nonne aus dem Klassenzimmer geschickt.

Wir beteten jeden Tag für die Seelen im Fegefeuer. Ich erfuhr, was es mit der Hölle auf sich hatte.

Mutter Mount Calvary, die Oberin, war eine fröhliche Frau mit großen braunen Augen und einem rosigen Gesicht. Sie gab mir zusätzliche Stunden in Französisch und Musik, deshalb sah ich sie oft und mochte sie mit der Zeit sehr.

Mutter St. Joseph war die einzige farbige Nonne, abgesehen von den beiden Laienschwestern in der Küche. Sie war sehr schön. Schon damals nahm ich das wahr. Ihr dunkles Gesicht mit den riesigen schwarzen Augen war von weißem Leinen eingerahmt. Sie unterrichtete Geschichte und verschwand dann eine Zeitlang. Als sie wieder auftauchte, schien sie dünner, als ich sie in Erinnerung gehabt hatte, aber sie lächelte uns sehr liebevoll zu und begann mit dem Unterricht. Es war nicht besonders heiß an diesem Tag, und sie saß nahe beim offenen Fenster, doch ich bemerkte bald, daß große Schweißtropfen über ihre Stirn rollten, die sie hin und wieder mit einem Taschentuch abwischte. Auch ihre Stimme hatte sich verändert, und der Unterricht dauerte nicht so lange wie sonst. Ich war bestürzt, als eines der Mädchen auf dem Heimweg beiläufig sagte: »Mutter St. Joseph wird bald sterben.« Ich glaubte, daß nur alte Menschen sterben, oder Leute, die schwer krank gewesen sind, natürlich gab es auch Unglücksfälle – aber Leute, die man gerade eben noch gesehen, mit denen man gerade eben noch gesprochen hatte? Ich zuckte zusammen und rannte sehr schnell weg. Sterben? Nein, ich nicht, niemals! Das Ganze erschien mir unfair, und wahrscheinlich war es auch nicht wahr. Wir sahen Mutter St. Joseph nie wieder.

Als mein Vater seinen ersten Urlaub bekam, nachdem er fünfundzwanzig Jahre lang auf Dominica gearbeitet hatte, war ich ganz glücklich bei dem Gedanken, eine Internatsschülerin im Kloster zu werden. Ob ich sechs Monate oder ein ganzes Jahr dort lebte, habe ich vergessen. Mein Vater verbrachte den Urlaub in England und nahm meine Mutter mit. Meine kleine Schwester wurde anderswo untergebracht.

Es galt von Anfang an als ausgemacht, daß ich nicht zum Katholizismus gedrängt werden sollte, und man drängte mich auch nicht dazu. Doch das hatte auch einen Nachteil: Ich durfte weder in die Kapelle noch zur Messe gehen. Allerdings besuchte ich zweimal den Danksagungsgottesdienst, wie sie es nannten.

Die Kathedrale von Roseau war viel größer als die anglikanische Kirche, und ich hatte immer gehört, sie sei scheußlich, schlimmer als die anglikanische, die schon häßlich genug war. Als ich sie dann aber betrat, fand ich sie schön. Die Schwarzen waren nicht von den Weißen getrennt, sondern hier saßen Schwarze und Weiße gemischt, und das gefiel mir sehr. Ich hielt es für richtig. Natürlich waren sehr wenige der Weißen katholisch, aber es gab einige irische Familien auf der Insel und hin und wieder ein paar Touristen.

Ich war fasziniert von dem Gottesdienst, den Gesten des Priesters, dem Klang des Latein, dem Geruch des Weihrauchs. Es dauerte nicht lang, und ich war fest entschlossen, katholisch zu werden, und nicht einfach bloß katholisch, sondern eine Nonne. Das Kloster schien mir ein sicherer Ort – da würde ich glücklich leben (aber nicht zu lange), als Braut Christi, und ein Platz im Himmel wäre mir gewiß. Wenn ich ängstlich oder unsicher würde, wäre immer Mutter Mount Calvary da und würde mich trösten. Die Nonnen gehörten einem Lehrorden an, aber ich stellte mir nicht vor, daß ich selbst unterrichten würde. Ich würde mich in die fünf Glorreichen und in die fünf Schmerzensreichen Mysterien versenken.

Ich konnte es kaum erwarten, bis alles geregelt und gutgeheißen wäre. Mein Vater, dessen war ich mir sicher, wäre auf meiner Seite. Aber als ich daran dachte, wie meine Mutter wahrscheinlich reagieren würde, zögerte ich, beschloß zu warten und meine Gründe darzulegen, wenn ich etwas älter wäre.

Als sie von ihrer Englandreise zurückkamen, wohnte ich wieder zu Hause, und wie früher ging ich regelmäßig in die anglikanische Kirche. Nach mehreren Gottesdiensten wurde ich wieder wankend. Eine von Mr. Dances Predigten machte großen Eindruck auf mich. Er sprach über die Bibelstelle: »Der Glaube ist tot ohne Werke.« Ich konnte mich des Gefühls nicht erwehren, daß eine Menge Wahres daran war. Vielleicht war es besser, Gutes zu tun, als den Tod Jesu zu beweinen oder die Zeit damit zu verbringen, mir zu wünschen, ich hätte damals gelebt. Jedenfalls hielt ich Ausschau nach einer Gelegenheit, gute Werke zu tun. Das Problem war nur, daß es anscheinend keine Gelegenheiten gab.

Mein erstes gutes Werk bestand darin, Victoria, unserem Dienstmädchen, beim Abwaschen zu helfen. Sie sah mich jedoch mißtrauisch an. Was hat sie denn jetzt wieder vor? schien ihr Blick zu sagen. Sie machte den Abwasch sehr gründlich und benutzte dazu zwei Bekken, und schließlich erlaubte sie mir, die Teller aus dem Spülwasser zu fischen und sie abzutrocknen. Kein einziges Mal dankte sie mir oder lächelte mich an, obwohl sie sich an meine Anwesenheit zu gewöhnen schien. Ich wurde ihrer Gleichgültigkeit jedoch bald überdrüssig. Wenn ich da war, sang sie nicht einmal die Choräle, die sie sonst immer gesungen hatte.

Danach machte ich einen weiteren Versuch. Ich besuchte eine alte farbige Dame, die in unserer Nähe wohnte. Sie war bettlägerig, und ich dachte, ich könnte ihr vorlesen. Bevor ich von ihr wegging, vergaß ich nie, einen Fächer in ihre Reichweite zu legen, ihre Brille und ein Glas Wasser oder Milch, wenn es welche gab, denn Milch war rar auf Dominica. Ihr winziges Haus lag direkt an der Straße, und sie ließ immer die Tür offen, so daß sie mit den Vorübergehenden plaudern konnte. Bald wurde mir klar, daß sie weitaus lieber plauderte, als mir zuzuhören, und außerdem, daß die eine oder andere ihrer Freundinnen bestimmt hereingekommen wäre, um mit ihr einen Schwatz zu halten, wenn ich sie nicht gerade besucht hätte. Das munterte sie offenbar viel mehr auf, als ich dies konnte. Also gab ich auch diesen Versuch auf.

Ich verlor nie ein Wort über meine religiösen Absichten. Aber meine Eltern wußten davon oder ahnten zumindest etwas. Ich hörte zufällig, wie mein Vater einmal sagte: »Mach dich nicht lustig über sie, das wird sich mit dem Älterwerden legen.« Man machte sich also nicht über mich lustig, aber ich dachte: Das soll sich legen? Das wird sich nie legen. Niemals! Allerdings merkte ich manchmal an der Art und Weise, wie meine Mutter mich ansah, daß sie sich sehnlichst wünschte, dieses bestimmte Stadium auf dem Weg zum Erwachsenwerden fände bald sein Ende. Während meines religiösen Ticks hielt sie sich zurück, entmutigte mich nicht und diskutierte auch nicht über etwas, was sie für reichlich übertrieben hielt. Ich war jedoch viel zu sehr im Glück, als daß mich das sehr beirrt hätte. Ich glaube nicht, daß ich je wieder so vollkommen glücklich war.

Bald war es soweit, daß wir für die heiße Jahreszeit auf ein kleines Gut in die Berge fuhren. Nach dem Verkauf von Bona Vista behielt mein Vater dieses kleinere Anwesen, das ich Morgan's Rest nennen will. Es lag nur ungefähr hundert Meter über dem Meeresspiegel, und es war heiß dort. Es war nicht gerade schön, doch immerhin hübsch. Das Gut lag eingeschlossen hinter zwei niedrigen Hügeln, die sanft zum Meer hin abfielen.

Dort und nicht im schönen wilden Bona Vista fing ich an zu merken, daß ich dieses Land liebte, und ich begann zu ahnen, daß ich es nie vergessen würde. Ich pflegte dort lange, einsame Spaziergänge zu machen. Es ist merkwürdig, an einem schönen Ort aufzuwachsen und zu sehen, daß er schön ist. Er war lebendig, dessen war ich gewiß. Hinter den blendenden Farben die sanften Konturen, die Hügel wie Wolken und die Wolken wie phantastische Hügel. Etwas Herbes, Trauriges, Verlorenes hatte dieses Land, etwas von alledem. Ich wollte eins sein mit ihm, mich darin verlieren. (Doch es wandte sich von mir ab, und das brach mir das Herz.)

Die Erde war wie ein Magnet, der mich anzog, und manchmal kam ich ihm ganz nahe, diesem Einssein oder dieser Auflösung meines Ichs, nach der ich mich sehnte. Einmal legte ich mich ungeachtet der Ameisen auf die Erde, küßte sie und dachte: Sie ist mein, sie ist mein. Ich wollte sie Fremden gegenüber verteidigen. Warum war ich mir sicher, daß sie am Ende unterliegen würden? Sie können die schweigenden Berge nicht abtragen oder das ewige Meer zuschütten, doch sie können viel anrichten. Die Bäume und die Blumen, die sie zerstören, werden wieder wachsen, und diese Menschen wird man vergessen.

Ich wußte, daß es Tod, Unglück, Armut und Krankheit gab. Ich gelangte schließlich zu der Gewißheit, daß der Teufel genauso mächtig wie Gott war, vielleicht sogar noch mächtiger. Ich war Manichäer, ohne es zu wissen. Ich glaubte nicht, daß Gott und Teufel letztlich nicht zu trennen seien, wie es in den Büchern stand, die ich las. Es war ein Kampf zwischen den beiden, und der

Die Kirche in Gyfylliog in Denbighshire, wo Jean Rhys' Großvater väterlicherseits, William Rees Williams, 1900 starb, nachdem er dort sechsundzwanzig Jahre lang Gemeindepfarrer gewesen war. Foto mit freundlicher Genehmigung von Mr. Edward Thomas.

»Willies & Minnas erstes Haus *Stowe* – ›Liebe in einer Hütte‹, 15. Febr. 1866.« Vermutlich stammen das Aquarell und die oben erwähnte Inschrift von Jean Rhys' »Tante Be«.

Dr. Rees Williams Haus in Roseau, Dominica, aufgenommen 1970. Die Galerie wurde zugebaut, damit Platz für Zimmer geschaffen wurde, und der große Garten, in dem das Haus einst stand, ist verschwunden.

Die Zwillingsschwestern Minna Rees Williams, Jean Rhys' Mutter (oben) und Brenda Lockhart – »Tante Be« – (unten).

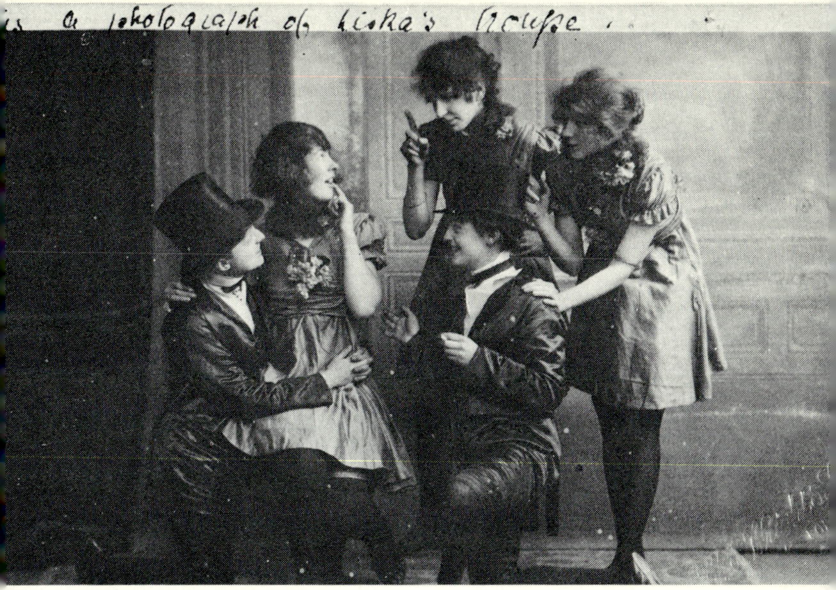

Jean Rhys ist das Mädchen ganz rechts; auf dem Bild, in ihrer Handschrift, »Liska's troupe«.

Das einzige Foto von Jean Rhys (links) in Paris. Das Mädchen rechts im Bild ist wahrscheinlich Germaine Richelot.

Jean Lenglet schickte Jean Rhys dieses Bild, das ihn und die gemeinsame Tochter zeigt, nach der Trennung.

Leslie Tilden Smith, Jean Rhys' zweiter Mann.

– Jean Rhys in Wien.

Jean Rhys in Dominica. Das Bild stammt aus den dreißiger Jahren, als sie die Insel ein einziges Mal besuchte.

Alles, was vom Garten in Geneva übriggeblieben war, als sie das Anwesen wieder besuchte.

Teufel war schuld an allem, was danebengegangen war. Ich stand mit ganzer Seele auf der Seite Gottes, aber es war sehr schwierig, herauszufinden, was ich dabei ausrichten konnte.

Auf der Veranda in Morgan's Rest gab es eine Hängematte. Abends schaukelte ich darin, betrachtete den Sonnenuntergang und fragte mich, warum manche Leute so dumm waren, nicht an Gott zu glauben. Ich hörte nicht auf die Rufe: »Laß das, die Stricke quietschen so laut!« Die Traurigkeit, die mich so plötzlich nach Sonnenuntergang überfiel und von mir Besitz ergriff. Große schöne Nachtfalter, fliegende Käfer, die um das Licht schwärmten. »Die Nacht mit ihren tausend Augen.« Diese viktorianischen Lieder, wie sie einem nachgehen.

Die Nacht hat tausend Augen,
Nur eines hat der Tag.

Dann kam die Dunkelheit, und obwohl die Sterne und die Glühwürmchen aufleuchteten, war ich froh, zurück ins Haus, ins Helle gehen und menschliche Stimmen hören zu können. Da war die Vase mit den Rosen (denn meine Mutter hatte eine grüne Hand, und sie hatte ein Beet mit La-France- und Maréchal-Neil-Rosen gepflanzt, die schon sehr früh blühten). Der beruhigende Umriß des alten Klaviers und auf dem Notenhalter Bragas *Serenata*. Ganz obenauf die Partitur von *Flora Dora,* einer amerikanischen Operette.

Sag mir, hübsches Mädchen,
Gibt's zu Haus noch mehr wie dich?
Es gibt ein paar, lieber Herr,
Doch sind sie einfach und anständig.
Sag mir, hübsches Mädchen,
Was tun diese einfachen Mädchen?
Sie betragen sich ausgezeichnet,
Ganz im Gegensatz zu mir.

Immer wenn mein Blick auf Bragas *Serenata* fiel, fühlte ich mich sehr unwohl, denn folgendes war geschehen: Ich durfte mittlerweile herunterkommen und bei den Musikabenden dabeisein, um die walisischen Lieder zu spielen, die meinem Vater so gefielen. *Gwenllian's Repose* war sein Lieblingslied – »Drück bei dem nicht die ganze Zeit das laute Pedal.« An dem Abend, an dem die Geschichte passierte, hatte man einen gewissen Mr. Gregg dazu überredet, etwas auf seiner Geige zu spielen. Er wollte Bragas *Serenata* spielen, und ich sagte ganz zuversichtlich, daß ich ihn selbstverständlich auf dem Klavier begleiten könne, wenn er die Noten dazu habe. Wir fingen an, und die erste Seite lang ging alles gut. Dann blätterte ich um, und unmittelbar danach spielte jeder etwas anderes.

»Da stimmt etwas nicht«, sagte Mr. Gregg. »Fangen wir lieber noch einmal von vorn an.«

Wir fingen noch einmal an, aber sobald die Seite umgeblättert war, passierte dasselbe.

»Du spielst falsch«, sagte Mr. Gregg und wirkte nervös.

»Ich spiele, was dasteht«, sagte ich.

Mr. Gregg warf einen Blick auf meine Noten. »Schon, aber hast du nicht das d.c.-Zeichen übersehen?« fragte er.

Ich sah hin; da war es tatsächlich, das Da-capo-Zeichen, und ich hatte es nicht bemerkt.

»Es tut mir wirklich leid«, sagte ich, und jemand rief: »Aller guten Dinge sind drei.« Aber Mr. Gregg legte mit einem vernichtenden Blick auf mich seine Geige beiseite und weigerte sich, noch einmal von vorn anzufangen.

Er verabschiedete sich bald danach, und man erklärte mir, er sei ein sehr einsamer Mann, der kaum jemals vor Zuhörern spielte, doch nun hatte man ihn überreden können, dieses eine Mal zu spielen, und ich hatte natürlich alles verdorben. Deshalb konnte ich nie Bragas *Serenata* sehen, ohne mich unwohl zu fühlen. Ich wußte, für den Rest seines Lebens würde Mr. Gregg jedesmal, wenn er an mich dachte, eine Anwandlung von Antipathie überkommen.

Das Anwesen von Morgan's Rest war zwar klein, doch sehr fruchtbar. Kakao, Kaffee und auch Muskatnüsse wurden dort angebaut; zwar konnte mein Vater sich nur selten dort aufhalten, doch er hatte einen Aufseher mit Namen John eingestellt.

Victoria, die mit uns aufs Land kam, sagte mir, er sei sehr begierig, lesen und schreiben zu lernen. Dies schien mir eine wunderbare Gelegenheit, Gutes zu tun. Sein kleines Haus stand nicht weit entfernt von unserem, und dort besuchte ich ihn. Vor allem wollte er seinen Namen schreiben lernen, damit niemand merkte, wie unwissend er war. Ich mochte ihn sehr gern. Mit Zustimmung meiner Mutter sprachen wir uns ab, und dann machte ich mich auf den Weg zu ihm, ausgerüstet mit einer Ausgabe von *Lesenlernen ohne Tränen.* Ich merkte bald, daß es etwas ganz anderes war, ihn zu unterrichten, als einem Kind etwas beizubringen, denn er hatte den Verstand eines Erwachsenen und begriff sehr schnell. Er machte Riesenfortschritte, und ich freute mich auf den Unterricht.

Ich glaube, ich war das fünfte oder sechste Mal dort, als wir durch jemand unterbrochen wurden, der in der Türöffnung stand und lauthals lachte. Ich sah hoch, und da stand Johns Frau, die gerade von der Arbeit auf dem Gut zurückgekommen war. Sie war eine sehr große Frau, viel größer als John. Ihre Röcke waren bis weit übers Knie gerafft, und sie hielt eine Machete mit bläulich schimmernder Schneide in der Hand. Sie grüßte nicht und sagte auch sonst kein Wort, sie lachte nur, doch ihre Augen lachten nicht. John nahm keine Notiz von ihr, er sah nicht einmal hoch. Aber ich wurde zunehmend nervöser.

Schließlich sagte ich, ich müßte nach Hause, weil es spät sei, und als ich wegging, konnte ich ihr Lachen hören: »Kja, kja, kja.« Ich sagte meiner Mutter nichts davon, aber irgend jemand mußte ihr etwas erzählt haben, Victoria wahrscheinlich, denn sie sagte am nächsten Tag: »Johns Frau hat es nicht gern, daß du zu ihnen hingehst, oder?«

»Nun ja, ich glaube, sie mag es nicht besonders, aber vielleicht gewöhnt sie sich an mich«, sagte ich.

Meine Mutter meinte, ich sollte besser nicht mehr hingehen. »Ich glaube, sie ist eine ziemlich streitsüchtige Frau.«

Ich sagte, ich hätte John versprochen, ihm seine Unterschrift beizubringen. Konnte ich nicht noch wenigstens einmal hingehen? Sie sagte ja, wenn ich es versprochen hätte, müßte ich gehen, aber ich müßte ihm sagen, daß ich nicht wiederkommen würde.

Johns Frau war nicht da, als ich noch einmal hinging, und er sagte nichts, obwohl er ein bißchen ernst wirkte. Als ich aufbrach, hatte er gelernt, seinen Namen zu schreiben, in einer runden, klaren Schrift. Er sah mich sehr vorwurfsvoll an, als ich ihm sagte, dies sei die letzte Stunde gewesen. Es ist nicht fair, dachte ich, er muß doch ganz genau wissen, daß seine Frau schuld daran ist.

Ich war traurig, als ich nach Hause zurückkehrte. Die ganze Geschichte würde in ein falsches Licht geraten, so wie in Westindien immer alles in ein falsches Licht gerät. Irgendwie fühlte ich mich auch betrogen, weil mein Schutzengel, an den ich noch so halb glaubte, mich im Stich gelassen hatte. Ich wollte zwar nicht gerade, daß er die Frau auf der Stelle tot umfallen ließe, aber irgend etwas hätte er schließlich doch tun können.

Bald danach sprach ein Mann namens Emile, der auf dem Gut arbeitete und ein Freund von John war, bei uns vor und sagte, er wolle mit meiner Mutter unter vier Augen reden. Sie sah ziemlich erstaunt aus und führte ihn in ihr Zimmer, wo sie miteinander sprachen. Als die Unterhaltung beendet war, tauchte Emile mit ziemlich unerschütterter Miene wieder auf, und sobald er gegangen war, setzte sich meine Mutter hin und lachte so hemmungslos, daß es eine ganze Weile dauerte, bis sie uns sagen konnte, warum sie lachte.

Es stellte sich heraus, daß Emile um meine Hand angehalten und meiner Mutter versprochen hatte, ihr eine große Yamswurzel zu schenken, wenn sie ihre Einwilligung geben würde. Sie hörten nicht auf, mich mit dieser Yamswurzel aufzuziehen. »Du bist bloß eine Yamswurzel wert«, pflegten sie zu sagen, und dabei kreischten sie vor Vergnügen.

Meine Mutter sagte: »Du wolltest doch unbedingt weiter zu John hingehen, obwohl ich dir abgeraten habe.«

Und wieder konnte ich nicht anders – auch diese ganze Geschichte fand ich äußerst unfair. Ich hatte etwas tun wollen, was ich für lobenswert hielt, und was dabei herauskam, war, daß man sich über mich lustig machte. Ich glaube, das war der Anfang vom Ende meines religiösen Ticks. Ich begann nicht nur an meinem Schutzengel zu zweifeln, sondern an allem und jedem. Wir gingen wieder nach Roseau zurück.

Dann bekam unser Foxterrier Rex, den ich sehr liebte, die Staupe. Er wurde blind, hatte Schaum vor dem Maul, und keiner der Dienstboten traute sich in seine Nähe. Ich wußte, daß mein Vater nicht glaubte, er würde sich wieder erholen, doch ich flehte ihn an, noch ein wenig zu warten. Ich betete in einem fort und war überzeugt, daß meine Gebete erhört würden. Vielleicht können Menschen im Himmel für ihre Leiden entschädigt werden, aber Tiere haben keine Seele und kommen nicht in den Himmel, warum also müssen sie sich quälen, warum nur? Rex wurde von seinen Leiden erlöst, während ich schlief. Danach stand es für mich fest: Der Teufel war zweifellos stärker als Gott, was nutzte es also, zu beten?

Um mich auf andere Gedanken zu bringen, sagte mir mein Vater, ich sei nun alt genug, um ein Taschengeld zu bekommen, damit ich mir Sachen zum Anziehen kaufen konnte. Es war keine große Summe, aber ich begann, mich erwachsen zu fühlen. Ich kaufte eine rote Schottenmütze. Ich versuchte, Tennisspielen zu lernen. Selten gelang es mir, den Ball übers Netz zu bekommen, doch ich gab nicht auf.

Gott und der Teufel waren sehr weit weg. Früher hatte ich immer gebetet, während ich am offenen Fenster meines Schlafzimmers kniete und zu den Sternen blickte, doch nun betete ich nur noch selten und sehr mechanisch. Aber ich kniete immer noch am offenen Fenster, sah zum Himmel und stellte mir Fragen.

War zum Beispiel das Kreuz des Südens eigens deshalb am Himmel aufgerichtet worden, um den Tod Christi zu verherrlichen? Ich wußte es nicht, aber ich dachte, daß es wohl so war. Manchmal waren die Sterne nahe und gütig, in anderen Nächten sehr weit entfernt und vollkommen gleichgültig.

Ich fragte mich, was nun aus mir würde, da Gott und der Teufel weit weg waren. Und das Meer, das manchmal so ruhig und blau und schön war – doch was versteckte sich unter der ruhigen Oberfläche? Haie und Barrakudas und dergleichen sind schlimm genug, aber wer weiß, was in der Tiefe vor Kuba lebt – der weiseste Fischer weiß es nicht und nicht der erfahrenste Seemann.

Bloß nicht darüber nachdenken! Ich sah es mir lieber aus der Ferne an, das blaue, tückische, ungeheure Meer.

Die Zuaven

Ich kann mich nur noch dunkel an die alte anglikanische Kirche erinnern; sie war klein, kühl und dunkel. Als sie abgerissen wurde, um einem größeren Gebäude Platz zu machen, verstand ich nicht, was mein Vater meinte, wenn er sagte, das neue sei scheußlich. Im Innern war es sehr hell und heiß, die Bänke waren aus glänzendem Kiefernholz, und es gab Fenster aus purpurrotem Glas. Das Kirchenschiff war in zwei Hälften unterteilt, eine vorn für die Weißen, die andere beim Eingang für die Schwarzen, dazwischen war ein freier Raum. Die schwarze Gemeinde war nicht groß, denn auf der karibischen Seite der Insel waren fast alle Schwarzen katholisch. Einige fromme schwarze Frauen kamen jedoch Sonntag für Sonntag, und vereinzelt waren auch ein paar Männer dabei. Nach dem Gottesdienst gingen sie zu der einen Tür hinaus und wir zu einer andern. Ich glaube nicht, daß sich irgend jemand darüber aufhielt oder es überhaupt bemerkte. Ich dachte mir jedenfalls nichts dabei. So war es immer gewesen, und so würde es immer sein, wie Sonne oder Regen.

An einem Sonntag, als wir darauf warteten, daß der Geistliche aus der Sakristei auftauchte, gefolgt von einer Prozession dunkler Chorknaben (denn er hielt sich, soweit er es nur irgend wagen konnte, an die Gepflogenheiten der High Church), wurde ich aufgeschreckt durch den Anblick zweier großer schwarzer Männer, die die Kirche betraten, den Mittelgang entlanggingen und sich unter die Weißen setzten. Doch nicht genug damit: Man führte sie zu einer der vordersten Bänke, die zufällig nicht besetzt waren. Doch nicht genug damit: Die beiden waren gewiß die prächtigsten Gestalten, die ich je gesehen hatte. Sie trugen bauschige, an den Knöcheln zusammengehaltene rote Hosen, kurze gelbe Jacken, weiße Mützen und weiße Stiefel. Ich glaube, unter den gelben Jacken trugen sie weiße Hemden und eine Schärpe, aber das liegt weit zurück, und ich kann mich nicht mehr so genau an die Einzelheiten erinnern. Ich erkannte diese Kleidung als Zuavenuniform, denn ich hatte Photographien und Bilder davon gesehen, aber kein Photograph hätte auch nur annähernd den Glanz wiedergeben können, der in Wirklichkeit von ihnen ausging. Während des ganzen Gottesdiensts ließ ich sie nicht aus den Augen. Ich hielt es für höchst unwahrscheinlich, daß sie ehrbare, nüchterne, respektable Anglikaner waren. Auf einer der anderen Inseln waren Soldaten stationiert, vielleicht in Castries auf St. Lucia. Ich hatte sagen hören, daß das westindische Regiment die Zuavenuniform auf besonderen Wunsch der Königin Victoria trug. Vielleicht besuchten die beiden Verwandte in Roseau und wollten sich gern unsere Kirche ansehen.

Nach dem Gottesdienst verließen sie gemeinsam mit

uns Weißen die Kirche, und ich sah sie lachend und plaudernd die Straße hinuntergehen. Niemand machte auf dem Heimweg eine Bemerkung über sie, aber ich zerbrach mir den ganzen Tag über sie den Kopf, und auch noch den Tag danach. Wie Königin Victoria hatte ich mich in die Uniform verliebt. In diesem Aufzug konnte man nicht anders als tapfer, nicht anders als kühn und verwegen sein und all die Eigenschaften besitzen, die ich so sehr bewunderte.

Wir hatten zu jener Zeit einen sehr energischen Verwaltungsbeamten namens Mr. Hesketh. Das war zumindest ein Teil seines Namens. Der Gouverneur der Inseln unter dem Winde – damals gehörten wir zu den Inseln unter dem Winde, nicht zu denen über dem Winde – lebte auf Antigua, wie auch der Amtsrichter und der anglikanische Bischof. Aber Mr. Hesketh, unser Verwaltungsbeamter, verfolgte tatkräftig seine eigenen Vorstellungen und führte durch, was ihm beliebte. Er ließ in einem bisher nie gekannten Ausmaß Straßen ausbauen und setzte erfolgreich seine Idee durch, quer durch die Insel müsse eine Straße des Empire führen, so daß die karibische Seite nicht länger von der atlantischen abgeschnitten wäre. Er ließ einen Ingenieur aus England kommen, und die Arbeiten zogen sich lange hin.

Unterdessen sorgte er dafür, daß ein kleiner Küstendampfer namens *The Yare* Passagiere und Waren von einer Seite der Insel zur andern transportierte. Er bemühte sich um eine Lösung des Abwasserproblems, doch dabei scheiterte sogar er. Dafür vergab er alljährlich mehrere Preise für die besten Kostüme beim Karneval und war ein großer Förderer des lokalen Kricketclubs.

Eines Tages kam das Gerücht in Umlauf, Mr. Hesketh gebe einen Kostümball für seine kleine Nichte, die sich mit ihrem Vater und ihrer Mutter im Regierungsgebäude aufhielt. Das Gerücht bestätigte sich: Es sollte ein Kostümfest für Kinder veranstaltet werden, und die Einladungen dazu wurden bereits verschickt.

Tante Be konnte sehr gut Kleider zuschneiden; sie lebte nicht bei uns, aber sie besuchte uns oft, und es wurde ausgemacht, daß sie mein Kleid für den Ball nähen würde. Als meine Mutter fragte, wie ich mich verkleiden wollte, antwortete ich ohne zu zögern, daß ich gern als Zuave ginge. Meine Tante fragte mich ironisch, ob ich wirklich glaubte, sie sei in der Lage, eine Zuavenuniform zu nähen. Darauf sagte ich, dann würde ich gern als Zigeunerin gehen. Sie und meine Mutter gaben mir zu bedenken, daß die Zigeunerfarben, Rot und Gelb, mir nicht stehen würden, weil ich zu blond sei. Da ich weder als Zuave noch als Zigeunerin gehen konnte, verlor ich das Interesse an der ganzen Sache. Meine Mutter hatte eine Londoner Zeitschrift abonniert, die »Neuer Modespiegel« hieß. In einer der vorangegangenen Nummern war ein langer bebilderter Artikel mit Kostümvorschlägen für Kinder. Ich sah ihr gleichgültig zu, während sie darin blätterte, und als sie und Tante Be schließlich beschlossen, ich sollte im »Jachtkostüm« gehen, war ich einverstanden. Als ich jedoch für das Tanzfest fertig angezogen war, betrachtete ich mich mit wachsender Aufregung und voller Glück im Spiegel, denn ich sah völlig verändert aus. Ich hatte immer geglaubt, daß meine Tante mich nicht besonders mochte, aber die Farbe, die sie ausgesucht hatte, war genau richtig: ein Blaugrün, das an das Meer erinnerte, und meine Augen waren nicht mehr farblos, sondern spiegelten diese Farbe wider. Das Kleid hatte ein enges Oberteil und einen knöchellangen weiten Rock. Auch die Nonnen gerieten ganz aus dem Häuschen bei der Vorstellung, daß ich auf einen Kostümball ging, und verehrten mir einen Tüllvolant. Er war verziert mit ausgeschnittenen rotgoldenen Papierfischen und wurde am Saum des Kleides befestigt, das im übrigen ganz schmucklos war.

Kaum hatte ich das Regierungsgebäude betreten, beglückwünschten mich mehrere Leute zu meinem Kleid. Und Mr. Hesketh kam auf mich zu und forderte mich zum Eröffnungswalzer auf. Zu seinen anderen Talenten kam noch, daß er hervorragend tanzen konnte, und wie alle guten Tänzer konnte er seiner Partnerin das Gefühl vermitteln, sie tanze nicht minder gut.

Man hatte alle Möbel aus dem Zimmer geschafft, und da waren nur noch der dunkelglänzende glatte Fußboden, ein paar Stühle ringsherum, die weißen Wände und die Musik. Ich weiß nicht mehr, ob die einheimische Kapelle spielte, deren Besetzung aus einer Ziehharmonika, einem Triangel und aus einem Instrument bestand, das man *shakshak* nannte, oder ob es vielleicht auch ein Klavier und eine Geige waren. Jedenfalls befanden sich die Musiker hinter einem Wandschirm. Ich wünschte, der Walzer würde ewig dauern und ich könnte ewig in Mr. Hesketh's Arm dahingleiten, mich immer weiter drehen. Ich war plötzlich nicht mehr schüchtern und brachte es fertig, zu lachen und mich mit ihm zu unterhalten. Ich tanzte drei Walzer mit Mr. Hesketh, und jedesmal ging es besser als beim vorhergehenden Mal, und jedesmal war ich glücklicher. Ich ging irgendwann zwischen zwölf und ein Uhr nach Hause, glaube ich, und als ich mich im Spiegel ansah, wußte ich, daß diese Nacht mich verändert hatte. Ich war eine andere geworden, und ich sagte mir, am Tag darauf würde ich genauso glücklich sein, von nun an würde ich immer glücklich sein.

Nachmittags, wenn ich von der Schule nach Hause gekommen war, machte ich oft einen Ausritt. Wenn ich mit Freunden unterwegs war, konnten wir reiten, wohin wir wollten, zum See, zum Wasserfall, irgendwohin. Wenn ich allein war, mußte ich jedoch über die Brücke und den ebenen, sicheren Weg zwischen den Anwesen der Canefields und der Goodwills nehmen. Das Zuckerrohr war noch nicht geschnitten, und auf der einen Seite war ein grünes Meer, auf der andern ein blaues. Die Pferde auf Dominica gingen nie im Trab. Sie gingen im Schritt, trotteten dahin, liefen im kurzen Galopp, und manchmal konnte man sie dazu bringen, richtig zu galoppieren. So trottete ich also eines Tages dahin, als ich in einiger Entfernung Mr. Hesketh sah, der in einem kleinen Einspänner fuhr.

Kaum hatte ich ihn gesehen, wurde ich sehr nervös. Er fuhr in Richtung Roseau, ich kam von dort. Wir mußten uns unweigerlich begegnen. Er schien sehr schnell heranzukommen, und ich hatte keine Zeit, zu überlegen, was ich sagen sollte, mich sozusagen auf die Begegnung vorzubereiten. Wie im Nu waren wir auf gleicher Höhe. Er zog seinen Hut, schwenkte ihn und rief mir etwas zu. Von Schüchternheit übermannt, wandte ich den Kopf ab und tat so, als sähe ich ihn nicht. Dann war er vorbei, und ich ritt weiter, wobei ich wußte, daß ich mich töricht und ungezogen benommen hatte. Ich versuchte mich damit zu trösten, daß ich mir sagte, niemand hätte uns gesehen, niemand würde je davon erfahren.

Einige Tage später sagte meine Mutter zu mir: »Warum warst du so unhöflich zu Mr. Hesketh?« Ich sah sie entgeistert an und fragte: »Heißt das, daß er es dir erzählt hat?« »Oh, er scherzte darüber«, sagte meine Mutter. »Als wir Kricket spielten, fragte er, womit er dich denn gekränkt habe. Er sagte, du seiest ihm auf dem Weg begegnet, der zu den Goodwills führt, und hättest ihn absichtlich übersehen. Er hat es lachend erzählt.«

Ich brachte nur heraus, daß ich nicht unhöflich hatte sein wollen. »Du bist ein sehr eigenartiges Kind«, sagte meine Mutter. »Manchmal mache ich mir wirklich Sorgen um dich. Ich kann mir nicht vorstellen, was geschehen wird, wenn du nicht lernst, dich mehr wie andere Leute zu benehmen.«

Ich gab darauf keine Antwort, ich sagte mir nur, daß ich Mr. Hesketh nicht mehr mögen und nie mehr an ihn denken würde. Im übrigen fühlte ich mich sehr elend.

Abschied von Dominica

Die letzte Unterhaltung mit meinem Vater, an die ich mich erinnere, verlief ungefähr so: Obwohl ich sie natürlich nicht Wort für Wort wiedergeben kann, weiß ich noch das Wesentliche. Er rief mich in sein Sprechzimmer und hieß mich auf dem Sofa Platz nehmen. Als erstes fragte er mich, ob ich Tante Clarice gern hätte, und ich erwiderte vorsichtig, ich sei nicht sicher, ob sie mich besonders gern habe. Er sagte: »Clarice trägt ihr Herz nicht auf der Zunge. Man muß sie näher kennenlernen.« Ich sagte: »Aber ich werde doch nach England gehen.« »Ja«, antwortete er, »das ist ja gerade das Problem, daß du nach England gehst.« Dann sagte er rasch: »Natürlich ist dort alles ganz anders, aber du wirst dich daran gewöhnen müssen.« Und danach: »Wenn du sehr unglücklich bist, mußt du mir sofort schreiben. Aber schreib nicht schon nach der ersten unangenehmen Überraschung, sonst bin ich von dir enttäuscht.« Ich sagte: »Ja«, und er sagte dann noch, er gehe in den Club und komme erst später zum Essen, und ich solle es meiner Mutter ausrichten.

Er begleitete mich und meine Tante bis nach Bridgetown auf Barbados, wo wir den Überseedampfer bestiegen. Als wir uns verabschiedeten, drückte er mich fest an sich, aber ich sagte ganz fröhlich: »Auf Wiedersehen, auf Wiedersehen«, denn ich war schon auf dem Weg nach England. Unten in der Kabine, die ich mit meiner Tante teilte, sah ich, daß die kleine Korallenbrosche, die ich trug, zerbrochen war. Ich hatte sie sehr gern gemocht, jetzt nahm ich sie ab und legte sie beiseite, ohne irgendein Gefühl des Bedauerns. Meine ganze Kindheit und die Westindischen Inseln, mein Vater und meine Mutter lagen bereits hinter mir; ich begann, sie zu vergessen. Sie gehörten der Vergangenheit an.

Allmählich wurde es kälter

Jean Rhys hielt die folgenden Texte
noch nicht für abgeschlossen.
Manches sind kaum mehr als Notizen.

Erste Schritte

Auf See war es zunächst noch warm, und die Überfahrt gefiel mir, obwohl ich es nicht fassen konnte, was für riesige Mengen die Leute verschlangen. Erst gab es ein üppiges Frühstück mit allen möglichen Gerichten, die ich nicht kannte. Um elf servierte der Steward reihum Tassen mit Fleischbrühe. Dann folgte ein ausgedehnter Lunch mit vier oder fünf Gängen.

Ich aß mich standhaft durch die ganze Mahlzeit durch und konnte kaum gehen, als ich wieder aufstand. Dann erklärte mir meine Tante, daß man von jedem Gang eigentlich nur ein wenig nehmen sollte. Das Mittagessen war nicht vor halb drei beendet. Um fünf gab's Tee: einen weiteren ausgedehnten Imbiß mit Kuchen, Brot und Butter, Marmelade. Das Dinner um acht war die wichtigste und die längste Mahlzeit. Ich war entzückt von dem Orchester, das während des Essens spielte. Einmal gab es ein Konzert, und ich trug ein Lied vor. Alles applaudierte, und ich sagte zu meiner Tante, nach meiner Ankunft in London würde ich direkt zum Theater gehen. Sie lachte schallend.

Dann, scheinbar ganz plötzlich, wurde es kalt. Der Himmel war grau, nicht mehr blau. Die See war manchmal rauh. Meine Tante saß in einem dicken Mantel und in ein Plaid gehüllt auf Deck. Auch für mich gab es ein Plaid, doch ich fror trotzdem. An einem sehr grauen Tag kamen wir in Southampton an, und als ich aus dem Bullauge sah, bekam ich einen Schreck. Dann dachte ich: Jetzt werde ich endlich eine Eisenbahn sehen. Ich kannte nur Spielzeugeisenbahnen. Sie waren immer ganz bunt, grün, rot, blau, so daß ich verwirrt auf einem Perron im Bahnhof von Southampton stand, weil ich nichts entdecken konnte, was so ähnlich aussah wie ein Zug.

»Aber ich seh' keinen Zug, wo ist er?«

»Direkt vor dir«, sagte meine Tante und bestieg etwas, was für mich wie ein braunes, schäbiges kleines Zimmer aussah. Oben waren Netze angebracht, und in den Ecken saßen Leute. Dies war also ein Zug. Ich sagte nichts, und nach einer Weile fuhr der Zug ab.

Nach kurzer Zeit tauchten wir in tiefes Dunkel ein. Ein Eisenbahnunglück, dachte ich. Wir kamen wieder ans Tageslicht. »War das ein Eisenbahnunglück?« »Nein, das war ein Tunnel«, sagte meine Tante lachend.

Wir logierten in einer Pension irgendwo in Bloomsbury, es könnte am Upper Bedford Place gewesen sein. An meinem ersten Morgen in London wachte ich sehr früh auf. Eine Ewigkeit lag ich einfach so da, wie mir vorkam. Man hörte kein einziges Geräusch, doch ich wollte wissen, wie London aussah; also stand ich auf, zog mich an und verließ das Zimmer. Die Haustür war vermutlich nur verriegelt, nicht abgesperrt, oder vielleicht steckte der Schlüssel. Auf jeden Fall gelangte ich ohne weiteres hinaus auf eine lange, graue, gerade Straße. Es war dunstig, aber nicht kalt. Nicht viele Leute waren unterwegs, und es gab auch kaum Verkehr. Ich muß wohl bis zur New Oxford Street gelangt sein und dann nach Holborn. Alles sah gleich aus, lang, gerade, grau, ein bißchen enttäuschend. Ich wurde allmählich hungrig, und da ich mir die Querstraßen genau gemerkt hatte, befand ich mich bald wieder auf dem Rückweg. Es war wohl so gegen halb acht. Als ich die Tür zu öffnen versuchte, war sie nicht verschlossen, und auf dem Gang war ein Zimmermädchen, das erstaunt schien, als es mich sah. Ich sagte »Guten Morgen«, doch sie gab keine Antwort.

Auf dem Weg zu meinem Zimmer kam ich am Bad vorbei und hielt es für eine gute Idee, ein Bad zu nehmen. Mir war zwar nicht heiß, doch ich fühlte mich verschwitzt und war ein wenig müde. Also ging ich ins Badezimmer und drehte den Heißwasserhahn auf. Als die Wanne halb voll war, zog ich mich aus, stieg hinein und genoß die Wärme. Ich fühlte mich immer wohler und dachte, wenn das Wasser abgekühlt hätte, würde ich wieder den Heißwasserhahn aufdrehen. Ich begann, vor mich hin zu singen. Da drang eine laute Stimme zu mir, die das Plätschern des Wassers übertönte.

»Wer ist hier drin?«

Ich sagte meinen Namen.

»Drehen Sie den Hahn zu«, sagte die Stimme. »Drehen Sie sofort den Hahn zu.«

Ich drehte ihn zu. Meine ganze Freude war verflogen, und ich stieg aus der Wanne und zog mich an, so schnell ich konnte. Als ich mein Zimmer betrat, erwartete mich meine Tante. Ich sagte: »Ich fürchte, die Wirtin ist böse auf mich.«

»Natürlich ist sie böse auf dich«, sagte meine Tante. »Was ist bloß in dich gefahren, daß du ins Badezimmer gehst und das ganze heiße Wasser verbrauchst?«

»Ich hatte ja gar nicht die Absicht, das ganze heiße Wasser zu verbrauchen«, sagte ich. »Ich wollte bloß baden. Schließlich ist das doch morgens ganz normal.«

Meine Tante sagte: »Ist dir nicht in den Sinn gekommen, daß nach dir dann niemand mehr auch nur ein bißchen warmes Wasser hat?«

»Daran hab' ich wirklich nicht gedacht«, sagte ich.

»Ich habe bereits gemerkt«, sagte meine Tante, »daß du völlig unfähig bist, an irgend jemanden außer an dich selbst zu denken.«

Darauf gab ich keine Antwort, obwohl ich gern vieles gesagt hätte: daß mir das englische Installationssystem ein Rätsel war, daß mich Toiletten innerhalb des Hauses schockierten, daß ich geglaubt hatte, ein mit »H« bezeichneter Wasserhahn würde automatisch heißes Wasser ausspucken, daß ich nie auf den Gedanken gekommen wäre, der Vorrat sei begrenzt, und wo kam das Wasser überhaupt her?

Meine Tante erklärte mir daraufhin das Ritual, das sich abspielte, wenn man in einer englischen Pension ein Bad nehmen wollte. Man mußte sich mehrere Tage zuvor anmelden, mußte darauf achten, daß man nur zu diesem und zu keinem anderen Zeitpunkt badete, und so weiter und so weiter.

Während des ganzen Frühstücks warf mir die Wirtin finstere Blicke zu. Meine Tante weigerte sich, mit mir zu sprechen. Ich brachte nur mit Mühe meine Eier mit Schinken herunter. »Heute vormittag sehen wir uns die Wallace-Sammlung an«, sagte meine Tante. »Bist du fertig?«

An den darauffolgenden Tagen zeigte mir meine Tante die Sehenswürdigkeiten: Westminster Abbey, die Kathedrale von St. Paul, den Zoo. Ich weiß nicht, was für eine Reaktion sie von mir erwartet hatte, aber ich weiß, daß ich sie enttäuschte. Zum Beispiel gefiel mir die Westminster Abbey von außen, aber dann gingen wir hinein, und ich fand, das Ganze war ein Durcheinander, ein Sammelsurium von Statuen und Gedenktafeln. Man kann sich kaum rühren, dachte ich. »Findest du es nicht wunderschön?« fragte sie. »Doch, bloß ziemlich überladen.« Die Kathedrale von St. Paul kam mir zu kalt, zu protestantisch vor. Ich war auf der Suche nach einem bißchen Wärme und Farbe, fand aber nichts dergleichen. In der Wallace-Sammlung schlief ich ein, als mich meine Tante auf einer Bank zurückließ.

Den Zoo, den verabscheute ich ganz einfach. Wir gingen zuerst zu den Löwen, und ich hatte den Eindruck, der majestätische Löwe sähe mich mit ganz traurigen Augen an, wie er so ruhelos auf und ab, auf und ab lief. Dann machten wir uns eigens auf, um den Papagei aus Dominica zu betrachten. Der graue Vogel hockte in sich zusammengekauert da – es war der griesgrämigste, reizbarste Papagei, den ich je gesehen hatte. Ich begrüßte ihn, aber er würdigte mich keines Blickes. »Bestimmt ist er sehr alt«, sagte meine Tante. »Niemand weiß, wie alt.«

»Der arme Vogel«, sagte ich.

Dann kamen die Alligatoren und die Krokodile, die mir solche Angst einjagten, daß ich kaum hinsehen konnte. Dann die Schlangen. Schließlich gingen wir zu den Kolibris. Die Kolibris gaben mir den Rest.

Vermutlich sieht es heutzutage dort ganz anders aus, aber damals waren sie in einem kleinen Nebenraum mit ganz schmutzigem Fußboden untergebracht. Dicke Brotschnitten, die mit Orangenmarmelade oder einer anderen Konfitüre beschmiert waren, hingen von Drähten herunter. Die Vögel flogen konfus hin und her und versuchten verzweifelt, ins Freie zu gelangen, wie mir schien. Selbst ihre Farben waren blaß. Die Kolibris erweckten bei mir den Eindruck von so hoffnungslosem Elend, daß ich es nicht ertragen konnte, hinzusehen. Meine Tante fragte mich schließlich, ob es mir gefallen habe, und ich sagte, ja, es habe mir gefallen, doch von diesem Augenblick an stand es für mich fest, daß mich niemand je dazu bringen würde, noch einmal einen Zoo zu besuchen.

Zum ersten Mal empfand ich in England ein Gefühl des Staunens, als wir, ein paar der Internatsschülerinnen der Perse School für Mädchen in Cambridge, in die Kathedrale von Ely geführt wurden. Es gab keine Bänke und Stühle, nur einen leeren Raum und den Altar und bunte Glasfenster. Die Säulen auf beiden Seiten sahen aus wie ein Wald aus Steinen. Ich war so aufgewühlt und hingerissen, daß ich zu zittern begann.

Die Lehrerin für klassische Sprachen, Miss Patey, beaufsichtigte unsere Truppe. Danach waren wir zum Tee bei einer Freundin von ihr eingeladen. Wir saßen auf einer mit Fliesen belegten Veranda. Ich nahm die Teetasse entgegen, die mir angeboten wurde, doch meine Hände zitterten so, daß ich die Tasse fallen ließ, die natürlich entzweiging. Ich murmelte eine Art Entschuldigung, und einen kurzen Augenblick lang besah die Gastgeberin bedauernd die einzelnen Stücke. Miss Patey entschuldigte sich.

Ich verließ die Perse School nach einem Semester. Ich hatte meinem Vater von meinem großen Wunsch geschrieben, Schauspielerin zu werden, und getreu seinem Versprechen schrieb er zurück: »Dann mußt du das auch werden.«

Die Akademie der Dramatischen Künste, damals allgemein »Tree's Schule« genannt, nach Beerbohm Tree, dem Intendanten des Theaters Seiner Majestät, existierte noch nicht lange, als ich dorthin kam. Damals hieß sie noch nicht »Königliche« Akademie. Ich war überrascht, als ich erfuhr, daß ich die sogenannte Aufnahmeprüfung bestanden hatte. Meine Tante, die mit alledem nicht einverstanden war, besorgte mir ein Zimmer in einer Pension am Upper Bedford Place; ich war sehr aufgeregt und bestrebt, mein Bestes zu geben. Ich war siebzehn Jahre alt.

Die Akademie war aufgeteilt in eine A-, B- und C-Klasse. Die Schüler der A-Klasse waren Anfänger, die

B-Klasse hatte die Hälfte ihrer Ausbildung hinter sich, und einen Schüler der C-Klasse lernte ich nie kennen. Bekannte Schauspieler und Schauspielerinnen kamen ins Haus, um die Schüler der C-Klasse zu unterrichten, doch wir sahen sie höchstens im Vorübergehen. Wenn Matinee-Idole wie Henry Ainley ankamen, trieben sich die Mädchen auf den Gängen herum, in der Hoffnung, einen Blick auf sie werfen zu können, doch sie gingen immer rasch vorbei, und im übrigen durfte man eigentlich gar nicht hinsehen.

Die Anfänger wurden von einer Schauspielerin unterrichtet, die mit Vornamen Gertrude hieß. Ihren Familiennamen habe ich vergessen. Die Schüler der B-Klasse trafen wir manchmal in einem Raum im Erdgeschoß, wo eine Frau namens Hetty residierte. Hier konnte man Kaffee und belegte Brote bekommen, und hier lernte ich einige Schüler der B-Klasse kennen und fand sie bald unsympathisch. Sie kamen mir eingebildet und unfreundlich vor. Einmal hatte ich meinen Pelzmantel vergessen und ging zurück, um ihn zu holen; da hörte ich, wie jemand sagte: »Ist das Ziege oder Affe?«

Ich muß gestehen, daß mein Pelzmantel scheußlich aussah, wie meine ganze Garderobe, denn meine Tante war ausschließlich bestrebt gewesen, mich so billig wie möglich einzukleiden. Als wir mein einziges Kleid kauften, das, was ich alle Tage tragen würde, war der Rock selbst für damalige Verhältnisse viel zu lang, doch sie sagte, die Änderung komme zu teuer. Ich könnte den Rock in der Taille hochstecken, und keiner würde etwas merken, weil ich so dünn sei. Derart ausstaffiert, zog ich los, um mich von den Schülern der Klassen A, B und C begutachten zu lassen.

Miss Gertrude war, glaube ich, eine recht gute Lehrerin. In einer unserer ersten Stunden lernten wir, wie man lacht. Das war verhältnismäßig leicht. Man sang do re mi fa so la ti do, und wenn man es schnell genug sang, klang es wie Lachen, allerdings ziemlich künstlich. In unserer nächsten Stunde lernten wir, wie man weint. »Jetzt paßt mal auf«, sagte Miss Gertrude. Sie wandte sich für ein paar Sekunden ab, und als sie sich wieder umdrehte, liefen ihr die Tränen über das Gesicht, das jedoch selbst völlig unbewegt blieb. »Und jetzt probiert ihr's mal«, sagte sie. Die Schüler standen in einer Reihe und versuchten zu weinen. »Denk an etwas Trauriges«, flüsterte mir das Mädchen neben mir zu. Ich sah die ganze Reihe entlang, und beim Versuch, zu weinen, machten alle so gräßliche Gesichter, daß ich zu lachen begann. Miss Gertrude war nie mit mir zufrieden.

Wir hatten Unterricht in Fechten, Tanzen, Gestik *(del sarte)* und Vortrag. Einmal ereignete sich während des Unterrichts in Vortrag eine Szene, die mich verwirrte und betrübte. Ich war deshalb ganz durcheinander, weil der Lehrer, der Mr. Heath hieß, mit Ausnahme der Frau, die Gestik unterrichtete, der einzige war, der mich wenigstens ein bißchen ermutigte beziehungsweise mich überhaupt beachtete, und weil Honour, die Schülerin, die mit ihm in Streit geriet, die einzige war, die ich wirklich mochte. Wir waren sogar einmal gemeinsam in einer Matineevorstellung gewesen, begleitet von einem säuerlich dreinschauenden Dienstmädchen. Wir rezitierten ein Gedicht, in dem das Wort »froth« vorkam, und Honour weigerte sich, das Wort so auszusprechen wie Mr. Heath. »Froth«, sagte der Lehrer. »Frawth«, sagte die Schülerin. Eine ganze Zeitlang schrien sie aufeinander ein: »Froth« – »Frawth« – »Froth« – »Frawth«. Entsetzt hörte ich zu. »Froth« – »Frawth« – »Froth« – »Frawth«. Schließlich sagte Honour: »Ich weigere mich, das Wort ›froth‹ auszusprechen. ›Froth‹ ist Cockney, und ich bin nicht hier, um Cockney zu lernen.« Ihr Gesicht war ganz weiß, und man sah deutlich ihre Sommersprossen. »Ich glaube, Sie legen es darauf an, ausfallend zu werden«, sagte Mr. Heath. »Bitte verlassen Sie das Klassenzimmer.« Honour stolzierte hinaus, weiß wie ein Bettlaken. »Wir werden jetzt mit dem Unterricht fortfahren«, sagte Mr. Heath, rot wie eine Tomate. Es gab einen endlosen Skandal. Honour wurde von ihrer Mutter, die ein Buch über die korrekte Aussprache des Englischen geschrieben hatte, aus der Schule genommen. Mr. Heath wurde entweder gekündigt, oder er ging von selbst. Diese Geschichte vermittelte mir einen ersten Eindruck von der Versnobtheit und Unfreundlichkeit, die an der Tagesordnung waren.

Zu unserer Ausbildung gehörte es, daß ein paar von uns einmal in der Woche eine bekannte Szene aus einem Stück vor Miss Gertrude aufführen mußten, und sie kritisierte dann den Vortrag und sagte, wer richtig und wer falsch gespielt habe. Gewöhnlich spielten wir eine Szene aus *Lady Windermeres Fächer* oder aus *Paolo und Francesca* von Stephen Philips. Nach einer Weile spielte ich immer mit denselben fünf oder sechs Schülern zusammen.

Einer, den wir Toppy nannten, hatte etwas von einem Clown und verkündete, er wolle zum Varieté gehen, nicht zum richtigen Theater. Der andere Mann aus unserer Gruppe fragte mich zu meiner großen Überraschung, ob ich ihn heiraten wolle. Daß ich einen Antrag bekam, verlieh mir ein Gefühl, als hätte ich eine Prüfung bestanden. Er schrieb mir einen langen Brief, der damit anfing, daß er sagte, ihm sei aufgefallen, daß meine Zimmerwirtin mich schikaniere, und ich täte gut daran, sie loszuwerden, indem ich ihn heiratete. Dann sprach er über Geld. Er sagte, da er einundzwanzig geworden sei, habe er nun sein Erbe angetreten, und ihm liege viel daran, meine Tante kennenzulernen und mit ihr alles zu besprechen. Der Brief endete damit, daß er schrieb, falls ich einwilligte, würden wir unsere Flitterwochen in Afrika verbringen und von Kapstadt bis nach Kairo fahren. Dieser Vorschlag klang zwar verlockend, doch ich beantwortete den Brief feierlich damit, daß ich erklärte, mein einziger Wunsch sei es, eine große Schauspielerin zu werden. Nach einigem Nachdenken strich ich »groß« aus und schrieb statt dessen »gut«. Als wir uns hinterher in der Akademie begegneten, schien er nicht im mindesten verlegen und machte weder auf seinen Brief noch auf meine Antwort jemals eine Anspielung.

Eines der Mädchen, mit der ich eine Zeitlang befreundet war, war zur Hälfte türkischer Abstammung.

Sie lud mich öfters zu sich zum Tee ein und erzählte mir die ganze Zeit von einer hektischen Liebesaffäre. »Du hast ja keine Ahnung, wie es ist«, sagte sie dauernd und fuhr dann fort, mir alles ganz ausführlich zu erzählen. Als ich sie eines Tages wieder einmal besuchte, war sie dabei, Strümpfe zu stopfen. Sie sagte: »Vermutlich überrascht es dich sehr, daß jemand wie ich Strümpfe stopft.« Ich sagte: »Nein, warum?« Von da an kühlte unsere Freundschaft ab. Sie lud mich nicht mehr zum Tee ein.

Zu der Zeit trat eine Tänzerin namens Maud Allen im Palace Theatre auf. Sie war eine Barfußtänzerin, wie man damals sagte, und trug Kleider, die vage an klassische griechische Gewänder erinnerten. Natürlich imitierte sie Isadora Duncan. Sie schockierte eine Menge Leute in London, und als sie bei einem ihrer Auftritte den Kopf von Johannes dem Täufer in einer Schale vor sich her trug, gab es einen gewaltigen Aufruhr, und sie mußte diese Szene auslassen. Eines Tages sagte unsere Tanzlehrerin: »Maud Allen ist *keine* Tänzerin. Sie ist noch nicht einmal eine Anfängerin. Aber wenn ich ihr sagen würde, sie solle über die Bühne laufen und so tun, als wolle sie eine Blume pflücken, dann würde sie das machen, und zwar gut. Ich fürchte, das kann ich nicht von allen jungen Damen in unserer Klasse sagen, und ich rate Ihnen allen, ins Palace zu gehen und sich Maud Allen anzusehen. Es könnte Ihnen eine ganze Menge nützen.«

In den Sommerferien fuhr ich nach Harrogate, um einen Onkel zu besuchen. Dort erfuhr ich, daß mein

Vater gestorben war. Meine Mutter schrieb, sie könne es sich nicht leisten, mich weiterhin an der Akademie studieren zu lassen, und ich müsse nach Dominica zurückkehren. Ich war entschlossen, dieser Aufforderung nicht zu folgen, und in jedem Fall war ich mir sicher, daß sie mich nicht wieder zu Hause haben wollten. Meine Tante und ich trafen uns in London, um leichte Kleider für die Tropen einzukaufen, und während sie ihre eigenen Besorgungen erledigte, ging ich zu einer Theateragentur namens Blackmore am Strand und bekam ein Engagement in der Tanztruppe einer Revue, die sich *Our Miss Gibbs* nannte.

Revuetänzerinnen

Ich spielte eineinhalb oder vielleicht auch zwei Jahre in *Our Miss Gibbs* mit. Im Winter bereisten wir die Kleinstädte im Norden und im Sommer die Badeorte an der Küste. Die Gage für die Revuetänzerinnen betrug fünfunddreißig Schilling die Woche, und für jede Matineevorstellung gab es einen Sonderzuschlag. Wenn man den Vertrag unterzeichnete, erteilte man den Veranstaltern eine Option für die nächste Tournee, vorausgesetzt, man war in der Lage, die oder jene Rolle zu übernehmen. Es war ein festes Engagement. Allerdings gab es eine schreckliche Pause zwischen dem Ende der Wintertournee und dem Beginn der Sommertournee. Man konnte unmöglich soviel sparen, daß man während dieser Pause über die Runden kam, und daher lebten die meisten Mädchen während dieser zwei oder drei Monate bei ihrer Familie. Die wenigen, die wie ich kein Zuhause hatten, versuchten bei sogenannten Music-Hall-Sketchen, die das ganze Jahr über aufgeführt wurden, ein Engagement zu bekommen.

In einer dieser Pausen gelang es mir, in die Tanztruppe eines Music-Hall-Sketches aufgenommen zu werden, der sich *Chanticleer* nannte. Den Namen hatte man von einer Pariser Revue übernommen, die zu jener Zeit Furore machte. Unser Programm hingegen war entsetzlich. Der größte Gag dabei bestand darin, daß ein Mädchen in Strumpfhosen über die Bühne ging, ein Ei fallen ließ und laut gackerte. Nur ein oder zwei der Mädchen sahen halbwegs gut aus, und wir hatten kaum geprobt. Jedenfalls hatten wir unsere Premiere in einer Stadt im Norden, und da standen wir nun, warteten in den Seitenkulissen, bereit, anzufangen. Es war eisig, und ich zitterte vor Kälte. Da hörten wir ein lautes Getrampel, und jemand fragte: »Was in aller Welt ist denn los?« Die Antwort war: »Die Galerie geht raus.« Die Leute von der Galerie zischten und buhten nicht, wenn ihnen eine Show nicht gefiel, sondern sie marschierten einfach raus und machten dabei soviel Krach wie möglich. Als wir mit unserer reichlich dilettantischen Tanznummer an der Reihe waren, zitterte ich nicht nur vor Kälte, sondern auch vor Angst.

Kaum hatten wir angefangen, spürte ich, wie aus dem Publikum Spott und Verachtung wie Rauch aufstiegen. Ich stand am Ende der Reihe, dicht neben den Seitenkulissen, und nachdem ich eine Weile mitgemacht hatte, trat ich einfach aus der Reihe raus und verließ die Bühne. Bevor ich ging, sah ich das Mädchen neben mir an. Ihre Miene wirkte verbissen. Sie empfand dasselbe wie ich, doch tapfer tanzte sie weiter. Ich schminkte mich ab, ging zurück in mein Quartier und war sehr bedrückt, weil ich so feige gewesen war. Unaufhörlich dachte ich: Sie hat durchgehalten, warum hab' ich's nicht geschafft? Ich beschloß, bei der nächsten Vorstellung durchzuhalten, einerlei, was das Publikum tat, ob es zischte, buhte oder vielleicht sogar irgendwelche Gegenstände warf.

Ich war mit den anderen Mädchen in der Garderobe und schminkte mich, als ein Bote klopfte und sagte: »Miss Gray möchte bitte sofort in das Büro von Mr. Peterman kommen.« Gray war der Name, den ich mir damals zugelegt hatte. Mr. Peterman war der Besitzer und der Direktor des Showunternehmens. Sowie ich den Raum betreten hatte, sah ich, daß er in Weißglut war. Er sah furchterregend aus, wie er mich mit verkniffenem Mund wütend anstarrte. »Warum«, fragte er, »sind Sie gestern abend mitten im Auftritt weggelaufen? Waren Sie krank?«

»Nein, ich war nicht krank«, sagte ich. »Ich hatte Angst.«

»Und wovor hatten Sie Angst?«

Ich sagte, ich hätte Angst vor dem Publikum gehabt.

Er sagte: »Was zum Teufel, frage ich Sie, haben Sie auf der Bühne verloren, wenn Sie Angst vor dem Publikum haben? Sie können sich abschminken und nach Hause gehen. Ich will nichts mehr mit Ihnen zu tun haben, nachdem Sie die Show so im Stich gelassen haben.«

Ich sagte: »Ich weiß, ich hätte nicht weglaufen dürfen, aber ich finde, Sie sollten mir trotzdem das Geld für die Rückfahrt nach London geben.«

»Und warum sollte ich Ihnen das Geld dafür geben? Ich werde nichts dergleichen tun.«

Ich besaß keinen Pfennig, und deshalb war ich imstande zu kämpfen – wie immer, wenn ich in einer verzweifelten Lage bin.

Es gab eine Institution, die sich, glaube ich, »Verein zum Schutz von Revuetänzerinnen« nannte. Ich wußte die Adresse und sagte: »Mr. Petermann, wenn Sie mir nicht meine Fahrkarte nach London bezahlen, schreib' ich an den Verein und beschwere mich über Sie.« Er knurrte. Noch nie zuvor hatte ich einen Menschen wie einen Hund knurren hören, aber bei ihm hörte es sich genauso an. Er sagte: »Morgen fährt ein Sonderzug nach London. Ich geb' Ihnen das Geld für die Fahrkarte, keinen Pfennig mehr.«

Als ich in die Garderobe zurückkam, um mich abzuschminken, sagte das Mädchen neben mir: »Ich glaube, Petermann ist wahnsinnig wütend, weil der Vorverkauf für die Show so schlecht war.«

»Das wundert mich nicht«, sagte ich.

Ich war es gewohnt, lange zu schlafen, und der Sonderzug fuhr außerordentlich früh. Ich hatte solche Angst, ihn zu verpassen, daß ich die ganze Nacht aufblieb und wartete, den Koffer zu meinen Füßen. Als ich nach London und zu meiner Tante zurückkam, die sich damals gerade dort aufhielt, sagte sie: »Was hast du bloß mit dir angestellt? Du siehst haarsträubend aus. Du siehst dermaßen schmutzig aus, daß du sofort ein Bad nehmen solltest.«

Ich weiß nicht mehr, wie ich die restliche Zeit zwischen Winter- und Sommertournee überstand; vermutlich half mir meine Tante aus. Später spielte ich wieder in *Our Miss Gibbs* mit.

In der Show trat eine professionelle Tänzerin auf, das, was man eine Tanzspezialistin nannte, und sie und die Mädchen von der Tanztruppe standen miteinander auf Kriegsfuß. Sie gab sich selten mit uns ab, und die Truppe rächte sich, indem sie ihr Aussehen, ihre Manieren und ihre Moral kritisierte. Jedes nur erdenkliche Laster wurde dem armen Mädchen angedichtet. Sie hatte einen kleinen Hund bei sich, und so behaupteten die Mädchen zum Beispiel, sie halte sich das Tier, um es mit ihm zu treiben. Ich beobachtete sie oft aus den Seitenkulissen, weil ich es wunderbar fand, wie sie tanzte, und ich hielt sie nicht für verkommen, allerdings für ziemlich hochmütig und reserviert. Ich wußte, daß das, was man sich über sie erzählte, unfair war.

Man redet über Revuetänzerinnen, als ob sie alle genau gleich wären, allesamt unmoralisch, alle dumm, alle auf eine gute Partie aus. In Wirklichkeit waren sie nicht nur alles andere als gleich, sondern im Gegenteil eine ziemlich seltsame Mischung. Eine war die Tochter eines bekannten Führers der Labourpartei, und uns fiel auf, daß sie immer, wenn die Konservativen einen Sieg errungen hatten und wir alle jubelten (denn wir waren alle auf der Seite der Konservativen), mehr als alle andern jubelte. Wir waren überzeugt, sie haßte ihren Vater. Eine andere war die Tochter einer Frau, die für Oscar Wilde eingetreten war. Es gab Revuetänzerinnen von sechzehn und andere von nahezu vierzig Jahren; der Vertrag, der mit George Dance für *Our Miss Gibbs* geschlossen worden war, ermöglichte es, daß man ewig weitermachen konnte, wenn man wollte – bis man alt und grau war. Im übrigen hatten die Älteren oft eine gute Stimme und waren gut zu gebrauchen. Ein paar der Mädchen, wenn auch nicht viele, waren verheiratet. Andere waren verlobt und freuten sich auf ihre Hochzeit wie jedes andere junge Mädchen. Manche waren sehr ehrgeizig und fest entschlossen, eine gute Partie zu machen (was durchaus möglich war), und wenn einer glaubt, daß sie jemals etwas taten, was diese Absicht hätte beeinträchtigen können, dann kennt er diesen Typ nicht. Wieder andere wollten am Theater Karriere machen. Von der Sorte gab es ziemlich wenige, und mir fiel auf, daß diese Mädchen fast alle aus Familien kamen, die mit dem Theater zu tun hatten.

Immer gab es auch ein Flittchen in der Truppe, aber niemand bezeichnete sie so. Man sagte einfach: »Soundso hat eine Menge Freunde.« Sie tauchte selten auf, wenn wir uns auf dem Bahnhof einfanden, denn mit Sicherheit würde sie von jemandem im Auto von einer Stadt zur nächsten begleitet werden. Nie werde ich vergessen, was der Manager für ein Gesicht machte, als ein Mädchen namens Nancy eines Montags bei der Probe fehlte. Man übergab ihm eine Telegramm, er öffnete es und sagte verblüfft: »*Contretemps* – was zum Teufel meint sie mit *contretemps*?« Ich glaube, Nancy tauchte erst ein, zwei Tage später auf, und eine andere mußte ihre Nummer einstudieren.

Wir reisten mit Korbkoffern, die jeden Donnerstag vom Gepäckträger, der für die Revue arbeitete, eingesammelt und zusammen mit der Ausstattung befördert wurden. Daher hatten wir nur Handgepäck mit unserem Waschzeug, der Zahnbürste und ganz wenig Schminksachen dabei. Sonntags war Reisetag. Der klassische Witz übers Reisen handelte von zwei Eisenbahnern, die sich unterhalten: »Was hast du für 'ne Ladung, Bill?« »Fische und Schauspieler.« »Ach, stell sie doch auf einem Rangiergleis ab.«

Jeder wußte, welches die guten Quartiere für Theaterleute waren, und jeder wußte auch, daß sie im voraus reserviert werden mußten. Bei der Zimmersuche mußte man sich sehr geschickt anstellen. Manchmal hatte man Glück, manchmal nicht. Man konnte ein bißchen sparen, wenn man mit einem anderen Mädchen zusammenwohnte, und noch etwas mehr, wenn man sich mit zweien zusammentat. Zu essen gab's immer das gleiche. Nach der sonntäglichen Bahnfahrt bekamen wir in unserem neuen Quartier in der Regel ein großes Stück Rindsbraten, der gewöhnlich ziemlich zäh war. Am Montag wurde er aufgewärmt. Am Dienstag machte man daraus Hackfleisch. Mittwochs gab es Fleischpastete oder Eintopf. Donnerstags etwas Exotisches wie Eier mit Speck oder Leber. Freitags mußte man sich irgendwie behelfen. Samstags waren wir viel zu sehr mit Packen beschäftigt. Sonntags reisten wir in die nächste Stadt, die genauso aussah wie die vorige – so kam es mir jedenfalls vor. Das Ganze spielte sich im Winter ab, im Norden.

Ich mochte keine unserer Wirtinnen, aber eine fand ich richtig widerwärtig. Ich wohnte zusammen mit einem Mädchen namens Billie, und wir warteten oben mit unseren gepackten Koffern, als die Wirtin kam und uns die Rechnung präsentierte. Sie war ungeheuer hoch, ungefähr dreimal so hoch, wie wir erwartet hatten. Billie warf einen Blick darauf und sagte: »Das bezahlen wir nicht!« Die Vermieterin sagte: »O doch, sonst kommen Sie hier nicht raus.« Sie verließ das Zimmer und schloß die Tür ab. Billie und ich leerten unsere Geldbeutel, und es war längst nicht genug Geld da, um die Rechnung zu bezahlen, aber auch nicht genug für die Fahrkarte bis zur nächsten Stadt, falls wir unseren Zug verpaßten. Billie sagte: »Da gibt's nur eines« und öffnete das Fenster. Wir waren im zweiten Stock, doch unten auf der Erde lag der Schnee sehr hoch. Billie sagte: »Auf in den Kampf.« Sie warf ihren Koffer aus dem Fenster und sprang hinterher. Sie lag reglos auf dem Boden, und ich bekam Angst. Nach einer Weile blickte sie hoch und sagte: »Los jetzt.« Ich überlegte, ob es wohl schlimm sei, doch ich fragte sie nicht. Ich warf ebenfalls meinen Koffer hinaus und sprang. Trotz des Schnees war der Aufprall ziemlich scheußlich, und eine Weile lag ich ganz regungslos da und fragte mich, ob ich nun tot sei. Dann sagte Billie: »Los«, also stand ich auf, und mit unseren Koffern rannten wir zum Gartentor, als wir die Vermieterin sahen, die mit grimmigem Gesicht hinter uns her schaute. Billie sagte: »Geschieht Ihnen ganz recht«, und gemeinsam rannten wir lachend durchs Tor. Aus dieser Zeit stammt mein unversöhnlicher Haß auf Vermieterinnen.

In England kamen mir meine Liebe zu Büchern und

meine Sehnsucht danach völlig abhanden. Nie hatte ich auch nur das geringste Bedürfnis, irgend etwas zu lesen, nicht einmal die Zeitung, und ich glaube, diese Gleichgültigkeit hielt lange Zeit an. Jahre. Ich kann mich nicht erinnern, daß ich irgend etwas gelesen hätte, wenn wir auf Tournee waren, außer *Forest Lovers. Forest Lovers* war ein Buch, das im Mittelalter spielte, und es handelte von einem Mann und einem Mädchen, die sich leidenschaftlich liebten und in den Wald flüchteten, um sich zu verstecken, doch sie schliefen immer mit einem Schwert zwischen sich. Alle Mädchen hatten das Buch gelesen, und in der Garderobe gab es endlose Gespräche über das Schwert. »Wozu taten sie das? Warum? Außerdem hätte man leicht über das Schwert steigen können.« »Nein, das hätte man nicht gekonnt, man hätte sich verletzt.« »Nein, ganz bestimmt nicht.« Das Flittchen der Truppe, die ich sehr gern hatte, lieh mir ab und zu ein paar Bücher. Ich las sie eigentlich nie richtig, und manchmal verlor ich sie, und sie brachte mich in Verlegenheit, indem sie den Bahnsteig entlangbrüllte, wenn wir uns vor dem Zug versammelt hatten: »Sag mal, Verney, was hast du mit meinem Buch angestellt?« So schrecklich und eintönig mein Leben auch war, nie fiel es mir ein, ein Buch oder auch nur eine Zeitung zu kaufen, was mir heute sehr merkwürdig vorkommt.

Während ich in England, diesem kalten dunklen Land, von einem möblierten Zimmer zum andern zog, wußte ich nie, was mich eigentlich antrieb und mir die absolute Gewißheit verlieh, daß es für mich in nicht allzu weiter Ferne etwas anderes geben würde. Heute glaube ich, daß dieses »andere« etwas Kleines, Begrenztes war. Ich bin mir heute im klaren darüber, daß ich für die Bühne nicht taugte, mir meine Rolle nicht merken konnte, mich nicht nach dem Theater verzehrte, wie es andere Mädchen taten – und doch war ich mir damals so sicher.

Ich hatte es satt, in *Our Miss Gibbs* aufzutreten, hatte es satt, die schäbigen, immer wieder gereinigten Fähnchen zu tragen. Also gingen wir weg – wer war das Mädchen, mit dem zusammen ich wegging? Ich hab's vergessen – und bekamen ein Engagement in der Tanztruppe einer Pantomime im Old Lyceum Theatre. Die Tiller-Girls waren dort oft aufgetreten. Ich erinnere mich an das Lied, das sie sangen:

Away down
In jungle town
Honeymoon
Is coming soon
And we hear the serenade
To a pretty monkey maid
And now in jungle town
The moon shines down
Without a frown
I'll be true
To monkey doodle-doo.

Und dann tanzten die Tiller-Girls, und ihre Hacken klapperten.

Ill be true
To monkey doodle-doo.

Es hieß, es gebe Ratten in der Garderobe, aber ich habe nie eine gesehen. Mittlerweile hatte meine erste richtige Affäre mit einem Mann begonnen. Die Pantomime wurde bald abgesetzt, und danach bemühte ich mich um kein neues Engagement. Ich wußte, daß Mr. Peterman, so schonungslos er sich geäußert hatte, als er fragte, was zum Teufel ich auf der Bühne verloren hätte, die Wahrheit gesagt hatte, doch mein Liebhaber bildete sich ein, daß ich es beim Theater zu etwas bringen könnte, und bestand darauf, daß ich Gesangs- und Tanzstunden nahm. Gehorsam ging ich hin. Die übrige Zeit verbrachte ich damit, daß ich vom Fenster aus Ausschau nach dem Botenjungen hielt, denn er schickte seine Briefe immer durch Boten.

Die Unterbrechung

Als meine erste Liebesaffäre zu Ende ging, schrieb ich dieses Gedicht:

Ich hab' es nicht gewußt
Ich hab' es nicht gewußt
Ich hab' es nicht gewußt.

Danach richtete ich mich in meinem Unglück ein.

Doch es wurmt mich noch immer, daß der erste Gegenstand meiner Verehrung ein Schuft gewesen sein soll. Oder vielleicht steckt der Gedanke dahinter, daß seine Klasse die meine unterdrückte. Er hatte Geld. Ich hatte keins.

Im Gegenteil, ich erkenne nun, was für ein außerordentlich menschenfreundlicher Mann er gewesen sein muß. Ich war ein unbedarftes, ein schüchternes Mädchen. Und wenn ich Romane lese, in denen das heutige Verhalten in Liebesdingen beschrieben wird, merke ich, daß ich auch ein passives, langweiliges Mädchen war. Obwohl ich es nicht verhindern konnte, daß mein Herz wie rasend klopfte, wenn er mich berührte, war ich zu schüchtern, um zu sagen: Ich liebe dich. Das wäre zuviel, zu bedeutungsvoll gewesen. Das hätte mir nicht zugestanden.

Als ich diesem Mann zum ersten Mal begegnete, war er mir eher unsympathisch, und ich weiß nicht recht, wie es dazu kam, daß ich ihn schließlich verehrte. Ich liebte seine Stimme, seinen Gang. Er war wie all die Männer in all den Büchern, die ich je über London gelesen hatte. Er wohnte am Berkeley Square, und ich gewöhnte mich an die Wärme, an die Kaminfeuer überall, an das geräumige Haus, an den Komfort. Wenn ich in mein ziemlich kaltes möbliertes Zimmer zurückkehrte, war ich nie neidisch. Ich hatte das Gefühl, so müsse es sein. Manchmal waren die Taxifahrer, die mich nach Hause brachten, nett, manchmal nicht. Einmal sagte mein Freund zu mir mit einem halben Lachen: »Dein Taxifahrer von gestern nacht kam zurück und sagte, du hättest dich übergeben und das ganze Auto beschmutzt; er wollte eine ziemlich große Summe als Schadenersatz. Stimmt das denn?« »Nein, natürlich nicht.« Er lachte und sagte: »Das hab' ich mir gedacht.« Das nahm mich für seine Seite ein, und ich war gegen die andern, die, wie ich damals schon merkte, Leute wie ihn irgendwie bedrohten. Er war ein Traum, der für mich Wirklichkeit geworden war, und Träume zieht man nicht in Zweifel, und man beneidet sie auch nicht.

Einmal waren noch ein Mädchen und ein anderer Mann mit mir und meinem Liebhaber beim Mittagessen – ich glaube, es war im Obergeschoß des Savoy, denn wir konnten die Themse sehen (den Grill-Room im Erdgeschoß, von wo aus man keinen Blick auf den Fluß hatte, kannte ich ziemlich gut) –, und sie fingen ein langes Gespräch an, in dem es darum ging, ob eine bestimmte Schauspielerin ihr Haar wirklich mit Lux-Seifenflocken wusch. So sagte er zum Beispiel: »Ja, das tut sie, ich kenne sie.« Und sie: »Ich kenne sie auch, und sie tut es nicht. Sie sagt das bloß, weil sie Geld dafür kriegt.« Die Debatte darüber und über ähnliche Themen zog sich ewig hin, und ich kannte weder die Schauspielerin noch interessierte ich mich dafür, ob sie nun ihr Haar mit Lux-Seifenflocken wusch oder nicht, obwohl mein Freund sich jede erdenkliche Mühe gab, mich in das Gespräch miteinzubeziehen.

Nachdem der Kellner am Ende der Mahlzeit abgeräumt und den Kaffee gebracht hatte, tauchte er unter den Tisch und kam mit einer sehr schäbigen Puderdose wieder zum Vorschein, die er, ohne eine Miene zu verziehen, auf das weiße Tischtuch legte. Eines der ersten Geschenke, die mein Liebhaber mir gemacht hatte, war eine sehr hübsche Puderdose von Asprey's gewesen. Sie ließ sich nur schwer öffnen, und ich hatte meine alte behalten, weil ich überzeugt war, sie bringe mir Glück, doch auf dem weißen Tischtuch sah sie scheußlich aus. Von der Vergoldung war nicht mehr viel übrig, und man sah das schwarze Blech darunter. Jeder blickte sprachlos und mit einer Art Abscheu auf das Ding. Ich sagte trotzig: »Es gehört mir.« Ich griff danach und steckte sie in meine Handtasche. Wie hätte ich diesen fremden Menschen erklären können, daß ich sie während all meiner Tourneen als Maskottchen benutzt hatte?

Dann sprachen sie davon, daß sie nach Hendon gehen und sich die Flugvorführungen ansehen wollten.

Ich hatte keine Lust, mitzugehen, teils, weil mich Flugzeuge nicht im geringsten interessierten, und teils, weil ich mit ihnen zusammen nicht irgendwohin gehen wollte, wo ich noch nie war. Sie fuhren weg, und mein Liebhaber bot sich an, mich im Taxi nach Hause zu bringen. Ich glaubte, er würde als erstes sagen: Warum benutzt du nicht die neue Puderdose, die ich dir bei Asprey's gekauft habe? Statt dessen sagte er: »Warum wolltest du nicht mitkommen und dir die Flugvorführungen ansehen?« Ich sagte: »Ich will weder das noch sonst irgend etwas mit ihnen zusammen ansehen.« Das Taxi fuhr los. Plötzlich streckte er die Hand aus und drückte die meine. Ich war sehr glücklich. Ich dachte: Ich habe nicht bloß einen Liebhaber, sondern auch einen Freund. Was hab' ich für ein Glück!

Er sagte: »Was hast du eigentlich heute nachmittag vor?« Ich sagte, ich hätte mich mit einer Freundin zum Tee verabredet, und danach würden wir in eine Revue gehen. Das stimmte nicht, aber ich hatte bereits gelernt, daß es undiplomatisch war, wenn man sagte, man sei einsam oder unglücklich.

Nachdem er mich zu Hause abgesetzt hatte, machte ich einen langen Spaziergang und versuchte herauszufinden, was es war, was Nancy Erwin hatte und ich nicht. Nancy Erwin hatte schließlich eine brillante Partie gemacht, und darauf hatte sie es von Anfang an abgesehen. Man sah ihre Photographie im *Sketch* und im *Tatler*. Sie hatte keine schäbige Puderdose. Sie hatte ein Taschentuch mit einer Puderquaste in der Mitte, so daß sie sich das Gesicht pudern konnte, während sie so tat, als putze sie sich bloß die Nase. Sie hatte immer ein kariertes Taschentuch bei sich, und wenn es zu Boden fiel und ein Kellner es aufhob, pflegte sie zu sagen: »Meine kleine Schwäche fürs Schottische«, und dann lachten alle. Worin bestand der Unterschied zwischen Nancy und mir? Er bestand darin, daß sie skrupellos war und ich nicht.

Als ich meinen Liebhaber das nächste Mal sah, sagte er, er müsse geschäftlich nach New York.

Weihnachten

Jahre später, in Paris, sagte ich zu einem Franzosen, mit dem ich mich unterhielt: »Ich kann mich von meinem Körper loslösen.« Er sah so entsetzt aus, daß ich fragte, ob mein Französisch schlecht sei. Er sagte: *»Oh non, mais . . . c'est horrible.«* Und doch hatte ich genau das so lange Zeit getan.

Nach einer Operation von der Art, die man damals einen illegalen Eingriff nannte, zog ich in ein Appartement in der Langham Street. Ich litt weder unter Reue noch unter Schuldgefühlen. Ich hatte keinerlei solcher Gefühle, wie sie Frauen in dieser Situation angeblich empfinden, mein vorherrschendes Gefühl war das einer tiefen Erleichterung, doch ich war sehr müde. Ich war keineswegs unglücklich. Es war wie eine Windstille in meinem Leben, eine friedliche Zeit. Mein Freund besuchte mich zwar nicht, doch er schickte mir einen großen Rosenstock und eine sehr schöne junge Persianerkatze.

Seinen Cousin Julian sah ich fast täglich. Ich gewöhnte mich richtig an ihn und vergaß, daß ich ihn nicht ausstehen konnte. Es schien selbstverständlich, daß er sich um alles kümmerte, mir Geld gab und irgendwie eine Zugehfrau besorgte. Er führte mich sogar einmal aus, in einen Nachtclub. Eines Tages stellte er fest, ich sähe ziemlich dünn aus, und sagte, ich solle für eine Woche ans Meer fahren. Ich willigte ein und fuhr nach Ramsgate. Das Kätzchen gab ich in ein Tierheim in der Euston Road, das mir empfohlen worden war. Ich kann mich überhaupt nicht mehr erinnern, wie es in Ramsgate war, doch als ich nach London zurückkam, ging ich als erstes in das Asyl, um das Kätzchen abzuholen. Ein ziemlich mürrischer Mann sagte mir ohne ein Wort der Erklärung, es sei gestorben. Mir kam der Gedanke, daß das Tier an Vernachlässigung gestorben sein könnte, oder daß sie es vielleicht verkauft hatten, weil es eine Persianerkatze mit Stammbaum war, aber damals fiel es mir nicht ein, irgendwelche Fragen zu stellen. Ich stieg hinauf zum Oberdeck eines Busses, wo zum Glück niemand war, und weinte auf dem ganzen Heimweg bis zur Langham Street.

Wer mir außerdem die friedliche Atmosphäre in der Wohnung verdarb, war die Besitzerin, die offensichtlich bestimmte Gerüchte über mich gehört hatte und entschlossen war, mich hinauszuwerfen. Sie kam immer ganz unerwartet vorbei, in der Hoffnung, einen Vorwand für eine Kündigung zu finden. Eines Morgens kam sie viel früher als sonst und wurde lauter und deutlicher als je zuvor. Meine Zugehfrau, die Mrs. Turner hieß und die ich sehr mochte, hörte sich das zufällig mit an. Am nächsten Tag erklärte sie mir, ohne mich dabei anzusehen, es tue ihr leid, aber sie könne nicht mehr bei mir arbeiten. Sie sagte, ihr Mann habe eine Stelle in einem anderen Stadtviertel gefunden, und sie könne nicht täglich den weiten Weg hin und zurück machen. Ich war mir ziemlich sicher, daß es der Mann war, der etwas dagegen gehabt hatte, doch natürlich mußte ich so tun, als glaubte ich das, was sie sagte.

Es begann kalt zu werden, und der Gedanke, ohne Mrs. Turner in dieser zugigen Wohnung leben zu müssen, entsetzte mich. Sie machte Feuer, bereitete morgens mein Frühstück, hielt alles peinlich sauber, machte Gurkenbrote zum Nachmittagstee, richtete manchmal sogar ein kaltes Mittagessen für mich, bevor sie ging.

Ich beschloß auszuziehen und nahm ein Zimmer in Bloomsbury, im Carrington-Hotel, das es heute nicht mehr gibt. Als ich die erste Rechnung bekam, erschrak ich. Nachdem ich sie bezahlt hatte, besaß ich nur noch so wenig Geld, daß ich mich entschied, wieder umzuziehen. Ich sagte mir, ein möbliertes Appartement sei im Winter jedenfalls wärmer, und ich kannte mich mit möblierten Appartements aus. Das Frühstück wurde immer morgens hochgebracht, allerdings variierte der Zeitpunkt von ungefähr halb neun bis halb zehn oder sogar bis elf, je nachdem. Das Zimmermädchen machte ein kleines Feuer im Kamin, und ich kuschelte mich dann immer unter die Decken und wartete, bis es warm war, bevor ich mir den Tee eingoß, der bis dahin eiskalt war. Vor der Tür stand immer ein Kohleeimer, so daß man das Feuer in Gang halten konnte, und ein großer Blechkrug mit heißem Wasser. Man konnte auch ein Bad nehmen, doch das mußte umständlich vorbereitet werden.

Ich schickte Julian meine Adresse und richtete mich auf ein nahezu völlig monotones Leben ein. Nachdem ich mich angezogen hatte, ging ich gewöhnlich in die Tottenham Court Road und aß dort in einem vegetarischen Restaurant zu Mittag. Danach hatte ich nur den einen Wunsch: in mein Zimmer zurückzukommen und zu schlafen; doch ein Rest Bewußtsein von dem, was ich eigentlich tun sollte, blieb noch übrig, und ich machte lange Spaziergänge, trank meinen Nachmittagstee in irgendeinem weit entfernten Lokal und ging wieder nach Hause zurück. Gegen neun war ich in der Regel im Bett. Es war erstaunlich, wie lange ich schlafen konnte. Ich bin sicher, daß ich fünfzehn von vierundzwanzig Stunden schlief, und ich träumte nie. Ich schlief wie eine Tote.

Und dann wurde sie ein Teil von mir, so daß ich sie vermißt hätte, wenn sie nicht mehr dagewesen wäre. Ich rede von der Traurigkeit.

Nie sprach ich jemanden an, und niemand sprach mich je an. Ich hatte alles Interesse an meinem Äußeren verloren, und oft drückte ich mir einen Hut ins Gesicht und ging aus, ohne auch nur einen Blick in den Spiegel zu werfen. In jener Zeit, als der Gang zum Friseur noch nicht selbstverständlich war, hatten viele Frauen kleine Spirituskocher und Brennscheren, mit denen sie die Haarspitzen kräuselten. Ich beschloß, damit aufzuhören, doch es war noch ein wenig Spiritus in dem Kocher übrig, und da ich ihn leer wegschaffen wollte, schüttete ich den Spiritus ins Kaminfeuer. Eine Flamme schoß aus dem Feuer empor und versengte die Spitzen meiner

Wimpern und die Haare über der Stirn. Ich bemerkte es kaum.

Als ich die Miete für die erste Woche bezahlt hatte, war ich überrascht, wie wenig Geld noch übrigblieb. Was ich vorher gehabt hatte, war mir so viel erschienen, aber jetzt war fast nichts mehr davon da, und ich hatte keinerlei konkrete Pläne gefaßt.

Mein Zimmer war im zweiten Stock, und als ich eines Tages auf dem Weg in das vegetarische Restaurant war, sah ich auf dem Tisch im Gang einen Brief, der auf den Namen ausgestellt war, den ich damals benutzte (ich habe mir so viele verschiedene Namen zugelegt). Er sah nicht interessant aus, so daß ich ihn erst nach meiner Rückkehr öffnete. Es war einer dieser kalten grauen Tage, und es blies ein stürmischer Wind. Der Brief kam von einem Anwaltsbüro in Lincoln's Inn Fields; darin wurde mir mitgeteilt, daß ich monatlich eine bestimmte Summe bekommen würde, und beigelegt war ein Scheck.

Heute habe ich den Eindruck, daß die ganze Geschichte mit Geld und Sexualität mit etwas sehr Primitivem, Tiefverwurzeltem zu tun hat. Wenn man unmittelbar von jemandem, den man liebt, Geld annimmt, ist es kein Geld mehr, sondern wird zum Symbol. Dann ist die Verbindung da. Die Verbindung ist hergestellt worden. Ich bin sicher, daß die Frau ganz zuinnerst das Gefühl hat: Ich gehöre diesem Mann, ich will ihm ganz und gar gehören. Das ist demütigend und erregend zugleich. (Nur einmal habe ich dies beschrieben gefunden, und zwar in einem italienischen Roman, der von einem Mann stammte und in dem der Ich-Erzähler eine Frau war.) Selbst als Julian mir das Geld brachte, wußte ich, daß es nicht seines war und daß er es im Auftrag tat; es interessierte den Mann noch immer, was aus mir wurde, und die Verbindung war immer noch da. Geld über einen Anwalt zu bekommen, der einen aufforderte, den Empfang durch die Unterschrift zu quittieren, war etwas völlig anderes. Das Anwaltsbüro firmierte unter dem Namen H. E. & W. Graves. Ich dachte: Graves, wahrhaftig, das paßt.* Es war vollkommen unlogisch, aber noch nie in meinem Leben hatte ich mich so verletzt und so wütend gefühlt.

Ich stürzte aus dem Haus und ging trotz des Windes immer wieder um den Platz herum und dachte mir einen möglichst sarkastischen Brief aus, wie zum Beispiel: Ich habe immer gewußt, daß Du mich nicht sehr geliebt hast, doch ich hätte nie gedacht, daß Du mich für ein Dienstmädchen halten könntest, das Du dann abfindest, und so fort. Oder wäre es würdevoller, den Scheck zu zerreißen und ihn ohne jeden Kommentar zurückzuschicken? Als ich in die Wohnung zurückkam, erinnerte mich der Besitzer daran, daß die Miete fällig war.

Ich glaube, damals war ich vollkommen davon überzeugt, ich sei eine unnütze Person und würde nie in der Lage sein, eine Stelle zu bekommen. Meine Angst, abgewiesen zu werden, war tief verwurzelt. Nach einer schlaflosen Nacht löste ich den Scheck ein. Was hätte

* *grave(s):* Grab, auch: »ernst«, »dunkel« (Anm. d. Übers.).

ich sonst tun sollen? Dann ging ich auf mein Zimmer und schrieb: »Lieber ..., ich danke Dir, daß Du mir etwas Geld geschickt hast, aber bitte, tu's nie wieder, denn es macht mich sehr unglücklich.« Ich verließ das Haus und warf den Brief ein. Der Briefkasten mußte wohl leer gewesen sein, denn es plumpste, als der Brief hineinfiel. Ich erinnere mich, wie ich dastand und dachte: Aber was soll ich denn tun? Was soll ich jetzt bloß tun?

Am Tag darauf ging ich zu dem Theateragenten, der mir mein erstes Engagement besorgt hatte. Ich war entschlossen, nicht wieder mit einer Truppe auf Tournee zu gehen, aber ich wußte, wie wenig Aussicht bestand, etwas anderes zu bekommen. Er fragte mich, ob ich ein Abendkleid besäße, und ich sagte, ja, ich hätte eins. Er sagte, er könne mir wahrscheinlich eine Rolle als Statistin in einem Film verschaffen. Das Filmgeschäft fing in England gerade an. Er fragte mich, ob ich die Arbeit annehmen wolle, und ich sagte ja. Es sollte erst in ein paar Wochen losgehen, aber er würde es mich wissen lassen.

Drei Wochen oder auch ein Monat vergingen, bevor ich eine Antwort auf meinen Brief zu dem Scheck bekam. Er schrieb: »Die Vorstellung peinigt mich, Dich ohne Geld in London zu wissen. Wir dachten, auf diese Weise könnte man das vielleicht am ehesten verhindern.« (Ich dachte: *wir* – ja, so ungefähr habe ich mir das gedacht.) »Ich bitte Dich dringend, diese Lösung zu akzeptieren. Wenn Du's nicht tust, machst Du mich sehr unglücklich.«

Ich gewöhnte mich mit der Zeit völlig daran, diesen Scheck einzulösen, denn man kann sich an alles gewöhnen. Man denkt: Das tu ich nie; und dann tut man's doch.

Der erste Film war gar nicht so übel. Er handelte von einem Mann, der beim Kartenspiel betrog. Als Statisten hatten wir herumzugehen und so zu tun, als würden wir trinken und uns unterhalten. Ich habe vergessen, wie der Film endete. Ein ziemlich bekannter Schauspieler hatte die Rolle des Betrügers, und seine Frau spielte die weibliche Hauptrolle. Einmal saß sie neben mir, sorgfältig geschminkt. Ich dachte: Sie muß mindestens dreißig sein – wenn man sich vorstellt: sich noch mit Make-up abzugeben, wenn man schon so alt ist!

Diese Arbeit war zwar sehr langweilig, aber es war auszuhalten. Doch beim nächsten Engagement traf man sich im Alexandra Palace wieder, einem Gebäude mit viel Glas, wo es ganz entsetzlich kalt war. Der Film spielte zu Beginn der viktorianischen Ära. Wir saßen in Krinolinen aus Baumwolle herum und zitterten vor Kälte. Das Mädchen neben mir sagte, es sei Blödsinn, daß wir unser Haar in der Mitte scheiteln mußten. »Einigen Leuten mag das ja stehen«, sagte sie, »aber mir steht es nicht. Ich wette, schon damals gab es Mädchen, die ihr Haar seitlich gescheitelt trugen, egal, was sie behaupten.« »Ja, das glaube ich auch«, sagte ich; und danach war es zu kalt, als daß man noch hätte reden können. Ich warf zufällig einen Blick auf die Hauptdarstellerin, und sie war blau vor Kälte unter ihrem Make-up. Ihre mit Ringen bedeckten Hände waren rot und geschwollen. Nach ein paar Stunden dachte ich: Das ist nichts für dich, und ich reagierte in Zukunft nie mehr auf eine Offerte des Agenten. In mir ist etwas, das ist so unbeständig wie das Wasser, und wenn es hart auf hart kommt, mache ich mich aus dem Staub. Ich hab' nicht das, was die Engländer Schneid nennen.

Einmal sprach mich in dem vegetarischen Restaurant ein Mann an, der mit mir am selben Tisch saß. Er sagte, er sei Österreicher, und er sei sehr einsam in London. Ich hörte eine Weile zu, bis ich merkte, daß ich kein einziges Wort mitbekam von dem, was er sagte, obwohl ich sah, wie sich seine Lippen bewegten. Ich sagte: »Es tut mir leid, aber ich muß jetzt gehen«, bezahlte die Kellnerin beim Hinausgehen und verließ das Lokal, ohne mich umzusehen. Der Arme, er mußte wirklich einsam gewesen sein, wenn er mich ansprach. Ich hoffe, er hat bald eine etwas munterere Person gefunden, die ihm Gesellschaft leistete. Das war mein einziges Abenteuer in all den Monaten. Die Tage vergingen, es wurde kälter, und dann kam Weihnachten.

Ich saß im Lehnstuhl und sah aus dem Fenster auf die leere Straße, denn London ist an Weihnachten immer ganz leer, und ich fragte mich, wie ich den Tag überstehen sollte. Das vegetarische Restaurant war geschlossen, und es blieb mir nichts anderes übrig, als auf meinem Zimmer zu Mittag zu essen. Gegen zwölf klopfte der Vermieter – in diesem Haus war es ein Mann, keine Frau. »Das hat ein Bote für Sie gebracht«, sagte er. Er trug einen ungefähr einen Meter großen Weihnachtsbaum. Er stellte ihn auf den Tisch, sagte: »Der ist aber hübsch« und verließ das Zimmer. Es war kein Brief dabei, nur eine Karte mit der Aufschrift FRÖHLICHE WEIHNACHTEN, aber natürlich kannte ich die Handschrift. Ich sagte laut: »Oh, das hätte er nicht tun dürfen, das hätte er wirklich nicht tun dürfen.« Ich setzte mich in den Lehnstuhl und betrachtete den Baum. Er war über und über behängt mit kleinen, in Gold- und Silberpapier gewickelten Päckchen. Ich glaube, es gab kleine Glühbirnen darauf. Es war alles da, sogar ein großer silberner Stern an der Spitze. Ich betrachtete den Baum und versuchte mir vorzustellen, ich sei auf einem Fest mit vielen Leuten, und ich würde lachen und reden und wäre glücklich. Doch es war zwecklos. Im Grunde wußte ich, daß dies nie geschehen würde. Nie würde ich zu irgend etwas gehören. Nie würde ich wirklich irgendwohin gehören, und das wußte ich, und mein ganzes Leben lang würde es nie anders sein – ich würde versuchen, irgendwohin zu gehören, und dabei scheitern. Immer würde irgend etwas schiefgehen. Ich bin eine Fremde und werde es immer bleiben, und im Grunde genommen machte es mir so gut wie gar nichts aus. Vielleicht ist es mein Fehler, ich kann einfach nicht weit genug in die Zukunft denken. Aber ich mag diese Leute nicht, dachte ich. Ich empfinde keinen Haß – *sie* hassen –, aber ich liebe nicht, was sie lieben. Ich will ihre Lichter und ihre Geschenke in Gold- und Silberpapier nicht. Den Stern an der Spitze, den will ich auch nicht. Ich weiß nicht, was ich will. Und wenn ich's wüßte, könnte ich es nicht sagen, denn ich spreche ihre Sprache nicht und werde es auch nie.

Wieder klopfte es an der Tür, und der Vermieter kam herein. Er brachte Huhn statt Rindsbraten und ein Stückchen Kuchen, weil Weihnachten war. Ich mochte den Vermieter ganz gern. Er trug einen gepflegten weißen Bart, und er wohnte im Souterrain. Er sagte, er gehe heute abend aus, würde mir aber mein Essen – ein Glas Milch, Brot und Käse – draußen auf den Sims hinstellen. Auf diesem Sims stellte man auch das schmutzige Geschirr ab, wenn man mit dem Essen fertig war, und er kam dann und holte es ab, wann immer er wollte. Er sah den Baum an, doch er sagte nichts mehr dazu. Er wünschte mir fröhliche Weihnachten, und ich sagte »Fröhliche Weihnachten«. Ich sagte: »Ich werde froh um die Milch sein, nachts habe ich immer großen Durst.«

»Ja, aber trinken Sie nicht zuviel Milch«, sagte er. »Zuviel Milch ist ungesund.«

»Ach wirklich?« sagte ich. »Das hab' ich noch nie gehört.«

»Zuviel Milch stopft«, sagte er.

»Ach, das wußte ich nicht«, sagte ich.

Unter der Tür drehte er sich um und sagte: »Glauben Sie bloß kein Wort von dem, was alles so gesagt wird.«

Ich aß das Huhn und den Kuchen, stellte das schmutzige Geschirr draußen auf dem Sims ab, nahm dann den Weihnachtsbaum und schleppte ihn die Treppe hinunter und bis zur Straße. Ein Taxi kam dahergeschlichen. Ich stieg mit dem Baum ein und sagte dem Chauffeur, er solle zum Kinderhospital in der Great Ormond Street fahren.

An dieser Stelle habe ich eine vollkommene Gedächtnislücke. Als nächstes erinnere ich mich nur, daß ich wieder in meinem Zimmer war. Der Baum war weg, und auf dem Tisch stand eine große, ungeöffnete Flasche Gin. Hatte ich den Baum ins Hospital gebracht, oder hatte ich den Taxifahrer gefragt, ob er Kinder habe, und ihm den Baum geschenkt? Bat ich ihn, mich irgendwohin zu fahren, wo man an Heiligabend eine Flasche Gin kaufen konnte, oder hatte sie lange Zeit ungeöffnet im Schrank gestanden? Die erste Möglichkeit ist jedoch unwahrscheinlich, denn ich mochte keinen Gin. Wie auch immer, da war jedenfalls die Flasche, und da saß ich und betrachtete sie. Ich dachte, ich würde warten, bis der Vermieter weg war. Die Leute vom Stockwerk unter mir waren früh ausgegangen. Das Haus würde leer sein, die Straße würde leer sein. Ich saß im Lehnstuhl und rauchte eine Zigarette nach der andern. Ich hatte keine Eile, ich hatte jede Menge Zeit. Doch nun wußte ich, was ich wollte. Ich wollte nichts.

Ich hatte ungefähr eine halbe Zigarettenschachtel aufgeraucht, als jemand an der Tür klopfte und hereinkam, ohne zu warten, daß ich aufmachte. Zuerst erkannte ich sie nicht, dann fiel mir ein, daß sie auch Statistin gewesen war in dem ersten Film, bei dem ich mitgemacht hatte, dem Film mit dem Falschspieler. Während der endlosen Warterei hatten wir uns unterhalten und unsere Adressen ausgetauscht. Sie war Modell von Beruf, hatte sie mir erzählt, und lebte in Chelsea.

Es störte mich nicht, daß sie kam. Sie würde wahrscheinlich nicht lange bleiben, dachte ich, und es gab jede Menge Zeit, Unmengen von Zeit. Sie brachte mir ein Paar rote türkische Pantoffeln mit, die sie auf dem Flohmarkt in der Caledonia Street gekauft hatte.

»Ich hab' deine Schuhgröße einfach geschätzt«, sagte sie.

»Sie passen wunderbar«, sagte ich. »Wie nett von dir.«

Sie starrte die Ginflasche auf dem Tisch an und fragte: »Gibst du heute abend ein Fest?«

»Nein«, sagte ich, »nicht direkt ein Fest«, und ich begann sehr laut zu lachen. Ich sagte, ich hätte mir den Gin besorgt für den Fall, daß ich zu trübsinnig würde, und dann würde ich die ganze Flasche austrinken und aus dem Fenster springen.

»Aber Schätzchen, das ist nicht das richtige Haus dafür«, sagte sie. »Also wirklich, es ist nicht hoch genug. Wenn du aus dem Fenster da springen würdest, wärst du nicht tot. Du würdest dir bloß alle Knochen brechen, und dann müßtest du mit diesen kaputten Knochen weiterleben, und wie würde dir das gefallen? Da mußt du dich nach einem sehr hohen Haus umtun.«

»Daran hab' ich nicht gedacht«, sagte ich.

»Ein Glück, daß ich vorbeigekommen bin, nicht wahr?« sagte sie. »Darauf trinken wir einen.«

Nachdem wir etliche Gläser Gin getrunken hatten, konnten wir nicht mehr aufhören zu kichern. Alles kam uns plötzlich komisch vor. Sie sagte ganz ernst: »Weißt du, dein Problem ist, daß du in der deprimierendsten Gegend von ganz London wohnst. Ich kann Bloomsbury nicht ausstehen. Um keinen Preis der Welt möchte ich hier leben. Du solltest in Chelsea wohnen, so wie ich, das würde dich schnell auf andere Gedanken bringen. Ich wohne dort nicht bloß deshalb, weil da die meisten Künstler leben, denen ich Modell stehe, sondern das Viertel gefällt mir wirklich. Aber weißt du, es ist eine Schweinerei, eine Menge reiches Volk zieht jetzt in Scharen nach Chelsea, und sie nehmen alle Ateliers weg. Sie grapschen sich die ganzen Ateliers, und die richtigen Künstler können sich keins mehr leisten. Du meine Güte, wenn die wüßten, wie verhaßt sie sind – sie würden bleiben, wo sie sind.«

Wir tranken noch ein paar Gläser Gin. »Weißt du«, sagte sie, »wenn du möchtest, könnte ich leicht ein Zimmer für dich besorgen. Soll ich?«

Mittlerweile kam mir alles so komisch vor, daß ich nur noch kichern konnte: »O ja, ich würde schon kommen, warum nicht?« Sie sagte, sie verreise für ein paar Wochen, aber sie würde mir ihre Adresse schreiben, sobald sie eine habe. Nachdem sie gegangen war, trank ich noch ein Glas Gin und ging dann schlafen.

Das Ende der Welt und ein neuer Anfang

Das Zimmer, das sie mir besorgte, war nicht in Chelsea, sondern in Fulham. »Ende der Welt« stand auf den Bussen. Als ich dort am ersten Morgen erwachte, kam es mir vor, als sähe das Mobiliar dem des Zimmers, das ich gerade aufgegeben hatte, so ähnlich, daß der Umzug kaum etwas verändert hatte. Allerdings stand nun der Tisch, der vorher in der Mitte gestanden hatte und mit einem Tuch bedeckt gewesen war, direkt am Fenster und sah leer und sehr häßlich aus. Ich hatte meine Bürste, den Kamm und eine Puderdose darauf gelegt, doch diese Gegenstände wirkten klein und unwichtig. Ich muß ein paar Blumen oder eine Topfpflanze oder so etwas Ähnliches besorgen, dachte ich. Ich kann diesen Tisch nicht ertragen.

Sobald ich mich angezogen hatte, verließ ich das Haus und ging die King's Road hinunter. Dann aß ich in einem Lokal zu Mittag, wo es ganz ordentliche Spaghetti gab und alle Tische mit leeren Chiantiflaschen dekoriert waren.

Nach dem Mittagessen ging ich wieder spazieren und betrachtete die Schaufenster. Noch immer hingen ein paar letzte tote Blätter an den Bäumen. Sie sahen wie Vögel aus. Ich kam an einem Papierwarenladen vorbei, in dessen Schaufenster eine ganze Menge Federhalter ausgestellt waren, rote, blaue, grüne, gelbe. Ein paar davon würden sich in einem Glas nicht schlecht machen, und mein Tisch würde dadurch freundlicher wirken. Ich betrat den Laden und kaufte ungefähr ein Dutzend. Dann bemerkte ich ein paar schwarze Schreibhefte auf dem Ladentisch. Sie sahen überhaupt nicht so aus wie die Schreibhefte, die man heutzutage hat. Sie waren doppelt so dick, die steifen schwarzen Einbände glänzten, der Rücken und die Ecken waren rot und die Seiten liniert. Ich kaufte ein paar, warum, wußte ich nicht, einfach, weil sie mir gefielen. Ich kaufte außerdem eine Schachtel mit J-förmigen Federn, wie ich sie mochte, einen gewöhnlichen Federhalter, eine Flasche Tinte und eine billige Schreibgarnitur. Jetzt wird dieser alte Tisch nicht mehr so leer aussehen, dachte ich.

Es war in jener Nacht nach dem Abendessen – wie üblich gab es ein Glas Milch und etwas Brot und Käse. Meine Finger kribbelten, und auch die Flächen meiner Hand. Ich rückte einen Stuhl an den Tisch, öffnete ein Schreibheft und schrieb: *Das ist mein Tagebuch.* Doch es war kein Tagebuch. Ich erinnerte mich an alles, was mir in den vergangenen eineinhalb Jahren zugestoßen war. Ich erinnerte mich an das, was er gesagt und was ich empfunden hatte. Ich schrieb bis tief in die Nacht, so lange, bis ich so müde war, daß ich nicht mehr weitermachen konnte, und ich warf mich aufs Bett und schlief ein.

Am nächsten Morgen fiel mir alles sofort wieder ein, und mein einziger Gedanke war, mit dem Schreiben weiterzumachen. Ich würde frühzeitig aus dem Haus gehen und mir etwas zu essen besorgen, dann hätte ich den ganzen Tag für mich.

Die Vermieterin brachte das Frühstück ziemlich spät. Sie stellte das Tablett ab und sagte: »Ich muß Ihnen sagen, Miss, daß sich der Herr in dem Zimmer unter Ihrem über Sie beschwert hat. Er sagt, daß Sie die ganze Nacht auf und ab gegangen sind. Er meint, daß er gehört hat, wie Sie geweint und gelacht haben. Er konnte vor drei Uhr früh nicht einschlafen, und er sagt, wenn das noch mal passiert, wird er kündigen. Ich muß Sie bitten, keinen Lärm mehr zu machen, andernfalls wird's nicht mein Untermieter vom Stock drunter sein, der das Haus verlassen muß.«

Ich stand auf und sagte: »Schon recht, am Wochenende ziehe ich aus. Aber jetzt müssen Sie gehen.« Ich nahm sie bei den Schultern und schob sie zur Tür hinaus. Nie habe ich eine Frau gesehen, die so unbeschreiblich verblüfft aussah. Sie starrte mich an und sagte: »Also, Sie sind mir vielleicht eine!« Ich schlug ihr die Tür vor der Nase zu. Anstatt auszugehen und mir etwas zu essen zu besorgen schrieb ich den ganzen Tag lang und machte mein Bett selbst.

Als die Vermieterin am nächsten Morgen das Frühstück brachte, sagte sie: »Denken Sie bloß nicht, meine Liebe, daß Sie zum Wochenende gehen müssen, aber Sie werden doch einsehen, daß ich es nicht zulassen kann, daß der Herr vom Stock drunter die ganze Nacht kein Auge zutut. Sie werden es nicht mehr tun, nicht wahr, meine Liebe?«

Ich sagte: »Nennen Sie mich nicht ›meine Liebe‹, das mag ich nicht.«

Sie stand da und starrte mich an. »Wenn Sie sich die Schuhe ausziehen würden«, sagte sie, »dann brauchte er sich nicht zu beschweren.«

Ich sagte: »Einverstanden, ich werd' mir die Schuhe ausziehen, das versprech' ich. Aber jetzt müssen Sie gehen, ich bin sehr beschäftigt.« Ich machte mein Bett selbst und stellte das Tablett draußen ab. Danach zog ich mir immer die Schuhe aus und paßte auf, daß ich nicht zu laut lachte oder weinte.

Ich schrieb dreieinhalb Hefte voll, und der letzte Satz war: »O Gott, ich bin erst zwanzig und werde immer weiter und weiter und weiter leben müssen.« Da wußte ich, daß es fertig war und daß es nichts mehr zu sagen gab. Ich legte die Hefte zuunterst in meinen Koffer und häufte meine Unterwäsche darauf. Danach nahm ich die Hefte bei jedem Umzug mit, aber viele Jahre lang warf ich keinen Blick mehr hinein.

Abschied von England

Danach beschloß ich, nach Bloomsbury zurückzugehen. Dort fühlte ich mich mehr zu Hause.

Ich kann nicht sagen, daß ich mich glücklich oder erleichtert fühlte, es war mehr, als sei etwas zu Ende und eine Last wäre verschwunden. Fast unmittelbar nach meinem Umzug lernte ich einen Journalisten kennen, der sich Alan nannte. Er sagte, er und ein paar Freunde hätten einen Nachtclub aufgemacht, und ob ich Ehrenmitglied werden wollte. Das Lokal war, glaube ich, in der Greek Street – jedenfalls irgendwo in Soho. Es war ein großer Raum mit einem Podest am einen Ende, auf dem ein Klavier stand. Am ersten Abend waren Alan da, ich, der Pianist, ein Mädchen, das er mitgebracht hatte, und noch ein dritter Mann. Wir blieben sehr lange, doch es kam niemand, und als wir das Lokal verließen, waren wir sehr bedrückt. Doch am nächsten Abend kamen nach und nach die ersten Gäste, und bald war das Lokal jeden Abend gerammelt voll. Es hieß *The Crabtree.* Ich habe ein paar Beschreibungen davon gelesen, die mir alle ziemlich unzutreffend vorkamen, aber natürlich kannte ich nur meine eigenen Freunde, und vielleicht spielte sich vieles ab, von dem ich nichts mitbekam. Die Gäste waren hauptsächlich Journalisten und Maler. Falls irgendwelche Schriftsteller unter ihnen waren, so lernte ich sie nie kennen.

In den Büchern, in denen das *Crabtree* erwähnt wird, wird behauptet, ein Mädchen namens Betty May sei der Star gewesen, doch das stimmt nicht. Der Star war ein wunderschönes Mädchen, das Lilliane Shelley hieß und angeblich Zigeuner war. Zigeunerin waren sehr in Mode. Auch von Augustus John, der manchmal das Lokal besuchte, hieß es, er sei einer. Ich begegnete ihm nie und hatte auch nie etwas mit ihm zu tun.

Epstein modellierte eine Büste von Lilliane. Sie pflegte ein albernes Lied mit dem Titel »Sing to me, my little popsy-wopsy« zu singen und bekam regelmäßig heftigen Beifall. Betty May sang »Sigh no more, ladies«, und kaum hatte sie angefangen, wurde immer gebuht und gezischt, doch sie nahm keine Notiz davon und sang dann unbeirrt auch noch ihr »Hey nonny-nonny«.

Im *Crabtree* faßte ich zum erstenmal den Entschluß, England früher oder später zu verlassen. Ich hatte nicht die geringste Ahnung, wie ich das bewerkstelligen sollte, da ich nicht genug Geld gespart hatte, um irgendwohin ins Ausland fahren zu können, doch ich war fest entschlossen, das und nichts anderes zu tun.

Ich ging fast jeden Abend ins *Crabtree* und blieb dort bis zum Frühstück. Dann ging ich schlafen und wachte gerade rechtzeitig auf, um mich wieder für den Club fertigzumachen. Überall in London gab es Nachtclubs, jeglicher Sorte und jeglicher Preiskategorie, überall fühlte man eine erregende Spannung, wie ich sie nie zuvor empfunden hatte, und überall wurde der Schicksalswalzer getanzt. Ein Mann, mit dem ich an einem Abend getanzt hatte, führte mich in einem Einspänner aus und lud mich am Tag darauf zum Tee ein. Wir aßen Fuller's Walnußkuchen, und zwischen zwei Bissen machte er mir einen Heiratsantrag. Es war eine merkwürdige Verlobung, bei der es ständig hin und her ging. »Weißt du, ich hab' nicht die Absicht, dauernd auf einem Fleck mit dir zu hocken«, sagte er einmal. Mein eigener Vorschlag hingegen war, was diese merkwürdige Affäre betraf, daß wir heimlich heiraten und niemandem etwas davon sagen sollten. »Das wäre wirklich zu komisch«, sagte ich. »Stell dir vor, wie komisch das wäre.« Doch er antwortete nur: »Ich seh' nicht ein, wozu das gut sein soll.« Es war ein wunderbarer Sommer, der Sommer 1914.

Meine Erinnerungen an den Krieg kommen mir zusammenhanglos und vage vor. Ich bekam ein Engagement als Statistin an einem Theater in der Shaftesbury Avenue. Das Stück war von Maeterlinck und hieß *Monna Vanna*; es war lange Zeit verboten gewesen. Es behandelte die Geschichte von Godiva. Ein General, der eine Stadt belagerte, hatte versprochen, er würde sie verschonen, wenn Monna Vanna ohne einen Faden am Leib in sein Zelt kommen würde. Das war der Grund, weshalb das Stück verboten worden war. Constance Collier spielte die Rolle der Monna Vanna, und das Kleid, das sie auf dem Weg zum Zelt des Generals trug, war so lang und voluminös, daß man sich beim besten

Willen nichts Anständigeres vorstellen konnte. Die Statisten waren ein wild zusammengewürfelter Haufen, doch natürlich gehörte eine Berufsschauspielerin dazu, die notfalls für Constance Collier einspringen konnte. Eines Tages kam sie in unsere Garderobe marschiert und war entsetzt über unser Make-up in Weiß und Rosa. »Ihr sollt halbverhungerte Bürger darstellen«, sagte sie. Damit kam sie nicht an. Eines der Mädchen sagte: »Ich denk' nicht dran, mich als Halbverhungerte zurechtzumachen, danke bestens.« Obwohl ich einsah, daß sie unrecht hatte, folgte ich ihrem Beispiel. Zur Premiere kamen Mitglieder der Königsfamilie, und der Manager sagte, wir sollten bloß nicht zu ihrer Loge hinüberstarren. Ich riskierte einen Blick und fand, daß sie sehr gelangweilt aussahen. Ich weiß nicht, wer von ihnen da war.

Einmal sahen wir einen langen Demonstrationszug junger Männer, als wir aus dem Fenster der Garderobe hinaussahen. Im Unterschied zu heutigen Umzügen trugen sie keine Spruchbänder. Als ich fragte, wer sie seien, sagte man mir, es seien in London ansässige deutsche Studenten, die gegen den Krieg protestierten. Ich sagte: »Gegen welchen Krieg?« Hinten in der Garderobe sagte jemand: »Bis Weihnachten ist alles vorbei, warum deswegen soviel Wind machen?« Doch eines der Mädchen, eine Ungarin, sagte: »O nein, bis Weihnachten wird es noch nicht vorbei sein, täusch du dich da bloß nicht!«

Andererseits kann ich mich erinnern, daß ich mit dem Mann, mit dem ich abwechselnd verlobt und dann wieder entlobt war, aus dem Theater kam und an der U-Bahn-Station Leicester Square in großen schwarzen Buchstaben die Überschrift las: ERZHERZOG IN SARAJEWO ERMORDET. Er sagte: »Das bedeutet Krieg.« Doch trotz der Schlangen, die vor den Rekrutierungsbüros warteten – und es waren lange Schlangen –, wurde mir erst wirklich bewußt, daß Krieg war, als ich eines Abends ins *Crabtree* ging und ein Schild vorfand: FÜR DIE DAUER DES KRIEGES GESCHLOSSEN.

Ich hörte von einer Kantine in der Nähe der U-Bahn-Station Euston, die eine Frau Oberst Sowieso für die Truppen, die nach Frankreich gingen, betrieb. Sie suchten Freiwillige als Köchinnen und Kellnerinnen. Ich hatte keine Ahnung vom Kochen und Bedienen, doch ich ging hin und meldete mich. Die Kantine war entsetzlich deprimierend. Ich fand sie schauderhaft, und auch die Frau Oberst war mir unsympathisch. Sie ließ uns alle kommen – wir waren zu sechst oder acht –, und nachdem sie sich flüchtig bedankt hatte, zählte sie uns die Vorschriften auf:

1. Keiner der Soldaten durfte in die Küche kommen.
2. Wenn wir die Tabletts hereinbrachten, sollten wir lächeln und guten Tag oder guten Morgen sagen, je nachdem, doch wir sollten mit keinem der Soldaten ein Gespräch anfangen.
3. Wir durften unter keinen Umständen die Bratpfanne abwaschen. »Eine Bratpfanne geht kaputt, wenn man sie abwäscht«, sagte sie.

Sie sagte uns auch, die Soldaten würden mit Sicherheit behaupten, sie seien zu arm, um für ihre Bestellung zu bezahlen, und sie würden uns bitten, die Rechnung für sie zu übernehmen. Das stimmte nicht. In der ganzen Zeit bat uns kein einziger von den Männern, für ihn zu bezahlen, und sie machten noch nicht einmal eine entsprechende Andeutung.

Die Bratpfanne wurde schwarz und schwärzer, und damit auch der Speck und die Eier, die wir darin brieten. Zunächst bestellten eine Menge Soldaten Speck mit Eiern, und manchmal genierte ich mich für das, was wir auf den Tisch brachten. Dann arbeitete einmal eine praktisch veranlagte Frau aus Birmingham zwei Tage mit uns zusammen; sie besah sich flüchtig die Pfanne, warf sie weg und ging eine neue kaufen. Doch inzwischen mußte sich wohl herumgesprochen haben, was es mit unseren Eiern mit Speck auf sich hatte, und niemand bestellte sie mehr. Ich hätte die Frau Oberst gehaßt, wenn ich nicht gewußt hätte, daß sie für das Ganze aus eigener Tasche bezahlte; und immerhin brachte sie große Kannen mit einem Kaffee mit, der ganz köstlich war im Vergleich zu dem, was man sonst bekam. Man wärmte ihn auf, tat Milch dazu, und schon war er fertig. Die Soldaten freundeten sich bald damit an und bestellten gewöhnlich Kaffee und belegte Brote – wir hatten eine Brotschneidemaschine, so daß unsere Schinken- und Käsebrote anständig aussahen. Die Kantine war meistens gerammelt voll. Wahrscheinlich war es dort immer noch besser als in der Imbißstube am Bahnhof.

Die jüngeren unter den Soldaten wirkten oft erwartungsvoll und gespannt. Die älteren waren nachdenklicher und ruhiger; sie wußten, was ihnen bevorstand. Nur einer verletzte je die Vorschrift, daß Soldaten die Küche nicht betreten durften. Er war mit schwerem Gepäck beladen. Ich fragte mich oft, wie sie mit dem ganzen Gewicht überhaupt noch laufen konnten. Das Gepäck trug er an einem Riemen auf dem Rücken, und er kam herein und sagte lachend, sein Riemen habe sich verdreht, und ob wir das wieder in Ordnung bringen könnten. Ich stand direkt neben ihm und konnte den Riemen wieder entwirren. Der Soldat zwinkerte mir demonstrativ zu, bedankte sich und ging wieder hinaus. Ich bin sicher, daß er es wegen einer Wette tat. Ich betete jeden Abend für ihn, aber ich glaube nicht, daß es viel nutzte.

Wir arbeiteten von neun bis fünf. Meistens kam ich völlig erschlagen zu Hause an und fiel ins Bett. Ungefähr um die Mitte des Jahres 1917 ließ uns die Frau Oberst alle kommen und teilte uns mit, daß die Kantine von Euston mit einer ähnlichen Einrichtung in St. Pancras zusammengelegt worden sei. Es hieß danke und auf Wiedersehen.

Damals wohnte ich am Torrington Square. Ich war in ein Haus umgezogen, in dem ich die einzige Engländerin – oder vielmehr Pseudo-Engländerin – war, weil ich fand, es hatte etwas Warmes. Drei Griechen wohnten dort, die mit Tabakhandel zu tun hatten, und eine Italienerin, die jeder Signorina nannte, wenn er sie direkt ansprach, und hinter ihrem Rücken Makkaroni.

Dann gab es eine belgische Flüchtlingsfamilie, Mann, Frau und zwei erwachsene Töchter. Außerdem wohnte dort ein südamerikanisches Paar, das mit der Bühne oder mit Tanz zu tun hatte. Ich dachte immer, daß die Wärme, die das Haus ausstrahlte und die das einzig Gute daran war, die Bewohner angezogen hätte.

Unsere Vermieterin war eine dicke Frau, die eine große Abneigung gegen mich entwickelte, weil ich immer ein heißes Bad beanspruchte. Eines Morgens kam ich nach dem Bad herunter, zu einer Zeit, als die meisten der anderen Untermieter im Eßzimmer versammelt waren, und sie begann ihre üblichen sarkastischen Bemerkungen zu machen: Warum wollte ich unentwegt ein heißes Bad nehmen? Dafür mußte es schließlich einen Grund geben. Es war gar nicht schwer, den Grund zu erraten, und so weiter. Ich war so daran gewöhnt, daß ich kaum noch hinhörte, und daher war ich sehr überrascht, als jemand ihr zurief: »Ach, halten Sie doch den Mund!« Es war der belgische Flüchtling. Er lächelte mir zu und deutete auf einen leeren Stuhl neben sich. Bald kamen wir ins Gespräch, und ich erfuhr alles über seine Familie. Er trug einen Kneifer, und wenn er ihn abnahm, sahen seine Augen ganz blau aus. Seine Frau war hübsch, erheblich älter als er, und er erzählte mir, daß sie weder Englisch noch Französisch spreche, nur Flämisch. »Sie muß sich sehr einsam fühlen«, sagte ich, und er meinte, das stimme, aber sie sah eigentlich recht vergnügt aus. Er kam aus Brügge, und ich konnte mir so halb zusammenreimen, daß er irgend etwas mit der Universität zu tun hatte. Als sie nach England gekommen waren, hatten sie zunächst in einem großen Landhaus gewohnt. Zu Beginn des Krieges hatten viele Leute belgische Flüchtlinge aufgenommen. Als ich ihn fragte, ob ihm die Pension gefalle, zuckte er die Schultern und sagte: »Na ja . . .« Er hatte Glück gehabt und vorübergehend eine Stelle an der Bank von Belgisch-Kongo bekommen. Er hieß Camille, und als der Krieg ausbrach, hatte er an einem Buch über das japanische No-Theater geschrieben, das er in der nächsten Zeit abzuschließen hoffte.

Camille und ich wurden bald gute Freunde, und obwohl seine Frau und ich nicht miteinander reden konnten, war sie immer freundlich. Jeden Samstag gaben sie einen »Kinderstuben-Tee«, wie Camille es nannte. Wahrscheinlich hatte er den Ausdruck aufgeschnappt, als sie in dem Landhaus wohnten. Madame hatte ihr Zimmer erstaunlich gemütlich und komfortabel hergerichtet, mit Chintzbezügen und Bücherregalen. Beim »Kinderstuben-Tee« gab es Kaffee – ich frage mich, woher sie den bekam – und Teller mit dicken Butterbroten, und das Zimmer war immer voll von Leuten, die ich interessant fand: ein paar weitere Belgier, ein Dichter aus Island und so weiter. Es waren angenehme, gemütliche Zusammenkünfte, und ich fing an, mich darauf zu freuen.

Bei einer dieser Einladungen – es war irgendwann im Spätherbst 1917 – bemerkte ich einen jungen Mann, der in einer Ecke saß und mich fixierte. Camille stellte ihn mir vor. Sein Name war Jean Lenglet. Ich unterhielt mich mit ihm, und er lud mich für den nächsten Tag zum Mittagessen ein, oder vielleicht auch für den Montag darauf, das weiß ich nicht mehr. Jedenfalls saß ich dann in einem Restaurant in Soho mit diesem ziemlich schweigsamen jungen Mann. Die meisten Mädchen wandten damals bei solchen Gelegenheiten eine alberne Technik an. Sie sahen sich im Lokal um, suchten sich eine nicht mehr ganz junge oder schon ältere Frau aus und fingen an, sich über sie lustig zu machen. Der Mann sollte dann seine amüsante Begleiterin mit der Frau vergleichen, über die sie sich lustig machte, und natürlich fiel der Vergleich für seine Begleiterin zum Vorteil aus. Vielleicht geschah dies gar nicht immer so gezielt, aber zweifellos funktionierte es oft. Insgeheim hielt ich das für eine ziemlich widerliche Angewohnheit, doch da alle anderen es taten, tat ich es ebenfalls, wenn auch nur halbherzig. Also sah ich mich, kaum hatten wir Platz genommen, nach einer Frau um, über die ich mich lustig machen konnte. Er hörte eine Weile zu und sagte dann, ohne zu lächeln: »Ich verstehe nicht, warum Sie sich über sie lustig machen. Sie ist eine ganz normale Frau, so wie alle andern auch. Kennen Sie sie? Wissen Sie irgend etwas über sie?« In einer Anwandlung von Offenheit sagte ich: »Nein, ich weiß nichts über sie. Es gibt nichts zu lachen, und ich weiß nicht, warum ich es getan habe.« Er sagte nichts darauf, und wir begannen über Pässe zu sprechen.

Vor dem Krieg von 1914 gab es keine Pässe. Man brauchte einen Paß für Rußland oder auch für die Türkei, ansonsten konnte man fahren, wohin man wollte, vorausgesetzt, man hatte das Geld dafür. Mein Begleiter sagte mir, er sei mit einem Diplomatenpaß in London. Er hielt sich nur vorübergehend hier auf und war dabei, nach Holland zu gehen und dort Vorlesungen zu halten, oder so verstand ich es wenigstens. Er erzählte mir, er sei halb Franzose, halb Holländer und lebe in Paris. »An diesen Paßproblemen ist nur der Krieg schuld«, sagte ich. »Sie werden damit aufhören, sowie der Krieg vorbei ist.« Er lächelte ein wenig und sagte: »Vielleicht, ja, vielleicht.«

Nach dem Mittagessen gingen wir in einen Laden namens Bichara, wo man Parfüm und Zigaretten bekam, und dort kaufte er mir hundert parfümierte Zigaretten, die ich damals sehr mochte, und eine große Flasche Parfüm. Ich griff nach einer Glasflasche mit Khôl – als Puder ist es dunkel, aber es glänzt auch –, und dazu gab es ein Stäbchen, mit dem man es auftragen konnte. Er fragte mich, ob ich das auch haben wollte. Ich sagte: »Ja, gern.« »Bichara gibt es auch in Paris«, sagte er, »in der Chaussée d'Antain.« Vor dem Laden winkte er einem Taxi. Ich dachte: Jetzt will er mich bestimmt küssen. Na ja, da kann man nichts machen. Ich war sehr erstaunt, als er sich abwandte, aus dem Fenster sah und mich über verschiedene Gebäude befragte. Was war das für ein Gebäude? Und das hier? Wenn ich es wußte, sagte ich es ihm, und wenn nicht, erfand ich etwas. Als wir vor der Pension ankamen, bedankte er sich dafür, daß ich zum Essen mitgekommen war, gab mir die Hand und erklärte, er müsse jetzt zu einer Verabredung. Verwirrt ging ich hinauf in mein Zimmer.

Die Vermieterin beschloß, für uns alle ein Fest zu geben, und jeder, der ein Kostüm besaß, sollte es tragen. Ich hatte ein Pierrette-Kostüm – ich weiß nicht mehr, aus welcher Zeit es stammte. Die Vermieterin hatte von irgendwoher Butter aufgetrieben – jedermann bekam an sich nur eine kleine Ration –, und dann kam sie aus der Küche und trug das magerste Huhn auf, das ich je gesehen hatte, und alle brachen in Gelächter aus. Camille legte seine Hand auf meinen Arm und sagte: »Lach nicht, lach bloß nicht, sie ist furchbar stolz darauf, daß sie das Huhn bekommen hat.« Nach dem Essen tanzten einige, und andere sangen.

Die Pension bestand eigentlich aus zwei Häusern, verbunden durch eine Art Gang, der mit Kopfstein gepflastert war. Ich stand in der Nähe der Tür, als mein holländisch-französischer Bekannter meine Hand ergriff und mich auf den gepflasterten Gang hinauszog. Er war ganz ruhig. Über uns hing ein ungeheuer großer Mond. Als er mich bat, ihn zu heiraten, war ich zugleich überrascht und dann auch wieder nicht. Ich sagte: »Aber Sie haben mir doch gesagt, daß Sie ganz bald aus London fortmüssen.« Er sagte: »Ja, ich bin schon zu lange hiergeblieben. Ich bin Ihretwegen hiergeblieben. Ich frage Sie nicht, ob Sie mit mir in London leben wollen. Ich frage Sie, ob Sie mit mir in Paris leben wollen.« Blitzartig schoß es mir durch den Kopf, daß es das war, worauf ich so lange gewartet hatte. Jetzt sah ich die Möglichkeit zur Flucht. Als ich sagte, ja, ich würde ihn heiraten, küßte er mich – doch ruhig, gewissermaßen vorsichtig. Wir gingen in das Zimmer zurück. Es war wie ein Traum.

Am nächsten Tag verließ er London. Ich erzählte niemandem davon außer Camille, doch irgendwie schien sich die Neuigkeit zu verbreiten, und ich war erstaunt, wie heftig alle reagierten. Kein einziger sagte mir ein Wort der Ermutigung oder gratulierte mir. Wenn sie die Geschichte nicht als schlechten Scherz auffaßten, dachten sie, ich sei töricht.

Er schrieb mir aus Holland, ich antwortete. Zunächst beschloß ich, das, was die Leute sagten, nicht zu beachten, doch allmählich belastete mich ihre Mißbilligung. Vielleicht hätte ich mich anders entschlossen, wäre nicht Camille gewesen. Während wir um den Torrington Square herumgingen, lachte er über die Unglücksprophezeiungen; er sagte, ich solle sie ignorieren, Engländer hätten nun einmal komische Vorstellungen von Paris. »Sie sind neidisch«, sagte er. »Natürlich gibt es Gutes und Schlechtes dort, so wie überall, und in London ist es nicht anders.« Lieber Camille – ich werde ihn nie vergessen. Er war sehr solide und hatte gesunden Menschenverstand; wenn er mein Vorhaben billigte, war dann nicht alles in Ordnung?

Als daher ein Brief kam von jemandem, von dem ich wußte, daß es ihm einerlei war, ob ich lebte oder starb, ein drei Seiten langer Brief, in dem ich vor dem Schicksal gewarnt wurde, das mich erwarten würde, wenn ich so etwas Hirnverbranntes täte, da war ich imstande, darüber zu lachen.

Nach dem Waffenstillstand dauerte es einige Zeit, bis der Schiffsverkehr nach Holland regelmäßig funktionierte. Erst Anfang 1919 konnte ich eine Überfahrt nach Hook van Holland buchen. Ungefähr eine Woche vor meiner Abreise schrieb ich dem Mann, der mich so lange unterstützt hatte, daß ich den Scheck vom Rechtsanwalt nicht mehr brauchte. Niemand kann sich vorstellen, mit welch außerordentlicher Befriedigung ich das schrieb. Am nächsten Tag bekam ich einen Brief durch Boten. »Kannst Du mich morgen zum Mittagessen im Piccadilly-Grill treffen? Es ist wichtig!«

Wir hatten uns noch hin und wieder getroffen, und ich wußte nie, was sich bei diesen Begegnungen abspielen würde. Würde ich in Tränen ausbrechen, oder würde ich anfangen hysterisch zu kichern, wenn ich ihn über den Tisch hinweg ansah, wie er so unverbindlich daherredete?

Um eins war ich im Piccadilly-Grill. Er lächelte mich an, sah danach aber ziemlich ernst aus. Erst als wir mit dem Essen fertig waren und Kaffee tranken, sagte er: »Denkst du im Ernst daran, diesen Mann zu heiraten?« Ich sagte: »Ja, ganz im Ernst.« Er schwieg eine Weile, dann sagte er: »Ich sage das sehr ungern, aber ich habe das Gefühl, ich muß es tun. Monsieur Lenglet ist nicht der richtige Mann für dich.« »Aber du weißt doch gar nichts über ihn«, sagte ich. Er sagte: »Nun, zufällig doch.« Ich wußte, daß er während des Kriegs im Auswärtigen Amt gearbeitet hatte. Er fragte: »Hat er dir erzählt, was er 1917 in London gemacht hat?« »Ja, er hat mir gesagt, daß er mit einem Diplomatenpaß hier war.« »Richtig, und er ist selbst dann noch hiergeblieben, als er schon längst hätte abreisen müssen. Hat er dir das erzählt?« »Ja, das hat er mir erzählt.« »Als er nach Holland zurückkam, wurde er überwacht, und er hat sich mit fragwürdigen Leuten abgegeben. Einige seiner Freunde sind verhaftet worden. O Gott«, sagte er, »ich weiß nicht, was ich sonst noch sagen soll. Natürlich habe ich kein Recht, mich in dein Leben einzumischen. Es gibt da ein paar Dinge, die ich dir nicht erklären kann, aber wenn du ihn heiratest, gehst du ein ganz schönes Risiko ein.« Ich sagte: »Ich habe gar nichts gegen ein Risiko, im Gegenteil, weißt du das nicht?« Er nickte ein wenig. Ich sagte: »Ich werde ihn heiraten, egal, was du sagst oder irgend jemand sonst.« »Du hast ganz und gar das Recht, zu tun, was du willst«, sagte er. »Komm, laß uns lieber gehen.«

Vor dem Piccadilly-Grill sagte er: »Also dann, meine Liebe, auf Wiedersehen. Wenn irgend etwas schiefgeht, schreibst du mir dann?« Ich sagte: »Ja, das versprech' ich.« »Dann auf Wiedersehen und viel Glück.« Er stieg in ein Taxi, ich in ein anderes. Erst im Taxi begann ich zu weinen.

In Gravesend nahm ich das holländische Schiff. Alles war schiefgegangen. Die Schneiderin, die mir ein Kleid nähte, erhöhte auf einmal ihr Honorar. Ich konnte nicht bezahlen, und sie behielt meinen Schiffskoffer zurück. Ich hatte nur mein Handgepäck dabei mit ein bißchen Unterwäsche, ein paar Blusen und den Schreibheften. Warum ich mich nicht davon trennen konnte, ist mir ein völliges Rätsel. Ich warf nie auch nur einen Blick auf sie, und nie kam mir der Gedanke in den Sinn, sie irgend jemandem zu zeigen, und doch nahm ich sie mit, wohin ich auch ging. Dies ist einer der Gründe, warum ich ans Schicksal glaube. Ich trug mein altes schwarzes Kostüm, den Mantel über dem Arm, mehr hatte ich nicht. Außerdem war ich ausgerüstet mit einem Paß, obwohl ich überzeugt war, daß ich ihn nicht mehr brauchen würde, wenn wieder alles so wäre wie vor dem Krieg. Es war ein ziemlich scheußliches altes Schiff, und ich wurde zwar nicht richtig seekrank, aber beinahe.

Das Schiff legte an, und wir waren in Hook van Holland. Das Mädchen, mit dem ich die Kabine geteilt hatte, ging mit ihrem Koffer an Deck. Ich kniete nieder und dankte Gott dafür, daß er mich von H. E. & W. Graves und von London befreit hatte. Ich schwor feierlich, daß ich nie zurückkehren würde, einerlei, was geschah, einerlei, was auch immer geschah. Dann machte ich meinen Koffer zu und ging ebenfalls an Deck.

Paris

Es war ein schöner Herbst in Paris. Wenn wir Spaghetti essend in der Sonne saßen, hatte ich das Gefühl, ich sei dem Gefängnis entkommen. Wir hatten beide kein bißchen Geld, aber das machte nichts. Jean schien von seinen Freunden leihen zu können, wenn auch keine großen Summen. Wir nahmen ein Zimmer in einem Hotel in der Rue Lamartine.

Nach einer Nacht, die wir bei einem seiner Freunde verbracht hatten, begann ich etwas ernsthafter über die Lage nachzudenken. Wir hatten auf einer Matratze auf dem Fußboden geschlafen, auf einer sehr dünnen Matratze. Ich hatte überhaupt nicht geschlafen. Am nächsten Morgen tat mir alles weh. Nach dieser Nacht stand für mich fest, daß ich irgendeine Arbeit finden mußte. Im Café *Rotonde* waren Zeitungen an langen Stöcken aufgehängt, und hoffnungsvoll las ich jeden Tag die Annoncen. Das *Rotonde* war mir lieber als das *Dôme*, es war ruhiger dort. Ich fand es schön, friedlich bei einer Tasse Kaffee dort sitzen und die Zeitungen studieren zu können, ohne irgendwie behelligt oder angestarrt zu werden. So ganz anders als in London, dachte ich. Und wirklich war es gerade dieses Gefühl von

Freiheit und der blaue Himmel und das Licht, was mich glücklich und sorglos machte, zum erstenmal nach so langer Zeit.

Eines Tages sah ich eine Anzeige im *Figaro*, in der eine junge Frau gesucht wurde, die mit Kindern englische Konversation treiben sollte. Ich hätte nicht geantwortet, wenn sie eine Gouvernante gesucht hätten, da ich nicht glaubte, dafür geeignet zu sein. Doch mit ein paar Kindern englisch sprechen, das würde ich sicher fertigbringen. Also nahm ich meinen Mut zusammen und ging zu der angegebenen Adresse. Mit der Straßenbahn fuhr ich bis zur Kirche St. Augustin, dann stieg ich aus und ging die Rue Rabelais hinunter, eine kurze Straße in der Nähe der Champs Elysées.

Ich lernte dann das Haus der Richelots wirklich sehr gut kennen. Es war groß und kam mir stattlich und irgendwie seltsam verborgen vor, in seinem steingepflasterten, baumlosen Hof. Die Concierge im Parterre führte mich zum Stock drüber, und ein Mann mit gestreifter Schürze öffnete mir die Tür. Ich kann mich nicht mehr an das Zimmer erinnern, in dem ich Germaine zum erstenmal sah. Sie war klein und dunkel, ihr Gesichtsausdruck sehr sanft. Später einmal erzählte sie mir, die Familie sei halb jüdisch, doch damals fiel mir das nicht auf. Ich merkte nur sofort, daß sie fast so nervös war wie ich. War ich nervös und empfindlich, so war sie es weit mehr. Sie hatte gewissermaßen Fühler, die weiter reichten als meine. Sie konnte gerade noch sagen, sie sei sicher, ich sei genau die Person, die sie suchten, als Madame Bragadier, ihre Schwester und die

Mutter der Kinder, den Raum betrat. Sie benahm sich weitaus sachlicher als ihre Schwester, und natürlich entging mir nicht der rasche Blick, mit dem sie mich in meinem schäbigen schwarzen Kostüm von Kopf bis Fuß musterte. Doch auch sie schien es für selbstverständlich zu halten, daß ich geeignet für die Stelle sei, und bald lächelte sie freundlich und sagte, sie werde mir die Kinder vorstellen. Wie ich später herausfand, war sie mit einem Rumänen verheiratet.

Nach so langer Zeit kann ich mich nicht mehr an den Namen des älteren Jungen erinnern. Ich glaube, er hieß Georges. Der kleinere, der ungefähr fünf oder sechs war, war ein sehr schönes Kind. Alle beide hatten sehr gute Manieren, doch ich sah ein Glitzern in den Augen des Jüngeren, das mir verriet, daß er der unbotmäßigere sein würde. Er hieß Pierre, doch alle nannten ihn Pierrot. Ich weiß nicht mehr, ob die beiden anderen Kinder, mit denen ich englisch sprechen sollte, anwesend waren oder nicht. Es waren Jacques und Jacqueline, die Kinder von Madame Lemierre, die ganz in der Nähe, in der Rue St. Honoré, wohnte. Die beiden Schwestern gingen aus dem Zimmer und ließen mich mit den Kindern allein. Sie alle sprachen nahezu perfekt englisch, ohne die Spur eines Akzents, besonders der Kleine, Pierrot.

Ich habe neulich irgendwo gelesen, daß man einem Kind nicht zu früh eine andere Sprache beibringen solle, aber ich glaube, das ist Unsinn. Ich bin sicher, je jünger sie sind, desto leichter erfassen sie eine andere Sprache und sprechen sie flüssig und ohne Akzent.

Wenn ich mir auch nicht sicher bin, ob die Kinder der Lemierres am ersten Tag da waren oder nicht, erinnere ich mich jedoch daran, wie wenig ich mir im klaren darüber war, wie meine Tätigkeit auszusehen hätte, die offensichtlich bereits angefangen hatte. Ich fragte die Kinder, ob sie eine Geschichte erzählt bekommen wollten. Sie scharten sich alle um mich. Das einzige, was mir einfiel, war die Geschichte von Jeanne d'Arc, und die erzählte ich ihnen. Zu meiner Verblüffung hatten sie noch nie von Jeanne d'Arc gehört. Das konnte ich nicht glauben, und ich fragte noch einmal: »Ihr habt doch bestimmt schon von Jeanne d'Arc gehört, die die Engländer aus Frankreich vertrieben hat?« Sie hörten höflich, doch sehr skeptisch zu.

Bald danach ging ich ins Speisezimmer hinunter, wo es ein üppiges Mittagessen gab. Im Eßzimmer hingen wunderschöne Gobelins. Vor der Tür bemerkte ich die Statue einer Madonna aus Holz. Sie lächelte. Später erklärte man mir, es sei eine Madonna aus dem dreizehnten Jahrhundert. Offenbar hatte man zu jener Zeit die lächelnden Madonnen gemacht. Ich hatte nie zuvor eine lächelnde Madonna gesehen.

Später lernte ich das Familienoberhaupt kennen, den alten Professor Richelot, der sein Leben lang all diese schönen Dinge gesammelt hatte. Zunächst merkte ich gar nicht, daß er das Haupt der Familie war. Er war ein stiller, bescheidener alter Mann, und natürlich sagte mir das rote Band in seinem Knopfloch nichts. Auch wurde ich dadurch beirrt, daß er und seine Frau nicht am oberen und unteren Ende des Tisches saßen, sondern an den Seiten, einander gegenüber. Ich kam zu der Überzeugung, er sei der Hauslehrer.

Trotz der Gobelins wirkte das Speisezimmer nicht düster, sondern prächtig. Im Verlauf der ausgedehnten, opulenten Mahlzeit unterhielten sich die Schwestern sehr lebhaft miteinander, doch zu meiner Überraschung nie auf französisch. Manchmal sprachen sie deutsch, manchmal englisch, und bei der Unterhaltung schien es hauptsächlich um Bücher zu gehen. Ich muß sagen, die ganze Situation verwirrte mich, weil ich noch nie irgend etwas Ähnliches gesehen hatte. Am besten kann ich mich an den wirklich köstlichen Kaffee am Ende der Mahlzeit erinnern. Die Kaffeetassen waren braun und aus sehr dünnem Porzellan. Irgendwie muß ich mir genau solche Kaffeetassen besorgen, dachte ich, und ich versuchte es auch, aber natürlich konnte ich nie welche finden. Man konnte ohne weiteres braune Kaffeetassen bekommen, aber immer waren sie aus dickem Porzellan.

Eine kleine Treppe führte vom Speisezimmer zu einem sehr großen Raum, den sie Studio nannten. Die Wände waren bedeckt mit Büchern, und oben auf den Regalen standen in regelmäßigen Abständen die Büsten verschiedener Personen – manche erkannte ich, und manche nicht. Die Fenster waren hoch und ließen so viel Luft und Licht herein, daß auch dieser Raum kein bißchen düster wirkte.

An dieser Stelle muß ich sagen, daß ich zu dieser Zeit ein Kind erwartete, und man sah es mir bereits an. Dennoch war ich außerordentlich überrascht, als Germaine nach dem ausgedehnten Essen sagte: »Nun müssen Sie sich etwas ausruhen.« *So* hatte ich mir nicht vorgestellt, daß eine Gouvernante oder was immer ich war behandelt würde. Germaine ließ es sich jedoch nicht nehmen, mich in ein anderes Zimmer zu führen, und hieß mich auf einer riesigen Chaiselongue Platz nehmen. Sie breitete eine Decke über mich und erkundigte sich dann, ob ich gern etwas zu lesen hätte. Als ich dies bejahte, brachte sie mir ein Buch von Dickens – fast alle Romane von Dickens standen nämlich in den Regalen, auf englisch und in französischer Übersetzung. »Versuchen Sie jetzt zu schlafen«, sagte sie, »versuchen Sie zu schlafen.« Sie ging aus dem Zimmer, aber natürlich konnte ich weder lesen noch schlafen. Ich war zu aufgeregt und zu glücklich, denn ich erkannte mit einem Mal, daß ich mich in einer Welt befand, die mir ganz neu war.

Ich blieb fast drei Monate bei ihnen, und der Tagesablauf war die ganze Zeit ungefähr derselbe.

Ich konnte mir vorstellen, daß das Haus gar kein Haus war, sondern ein friedlicher, schutzgewährender Mensch. Als wir einmal ganz von fern Klaviermusik hörten, sagte Germaine, ihre Schwester, Madame Bragadier, sei eine der besten Pianistinnen von ganz Paris. Es war die Art Musik, die zu dem Haus paßte. Um sechs bekam ich immer ein Abendessen im Studio, und dann fuhr ich mit der Straßenbahn zurück ins Hotel in der Rue Lamartine. Ich war glücklich, weil beide Seiten in mir zufriedengestellt wurden – die eine, die beschützt werden wollte (denn in diesem Haus fühlte ich mich immer beschützt), und die andere, die sich das Abenteuer, das Fremde, sogar das Risiko wünschte.

Mein Mann sagte mir, er habe eine Stelle gefunden, aber er äußerte sich nicht näher dazu, und nach einer Weile fragte ich ihn nicht mehr danach. Vor unserem Zimmer war ein kleiner Balkon mit eisernem Gitter. Da Jean gewöhnlich Freunde mitbrachte, pflegten wir uns auf den Balkon zu setzen und Weißwein zu trinken. Sie lachten immer und neckten mich, wenn ich französisch zu sprechen versuchte; damals sprach ich es nicht sehr gut. Jean wollte unbedingt, daß wir englisch sprachen, wenn wir zusammen waren. Er sagte, es sei weitaus wichtiger, daß er englisch ohne Akzent sprechen lerne, als daß ich französisch lernte. Nachdem wir uns ein paarmal deswegen gestritten hatten, gab ich nach.

Bald konnte ich unmöglich länger zu den Richelots gehen. Ich erinnere mich sehr gut an das letzte Mal, als ich die Kinder auf den Champs Elysées spazierenführte. Pierrot fuhr in einem Wagen, den eine Ziege zog. Ich fragte mich, ob es heute noch auf den Champs Elysées Wägelchen gibt, die von Ziegen gezogen werden? Die anderen Kinder gingen neben ihm her. Ich saß allein auf einer Bank. Ein Passant lächelte mich an. Ich lächelte zurück, und mit einem Mal war ich glücklicher als je zuvor in meinem Leben. Dabei gab es eigentlich keinen Grund, weshalb ich glücklich hätte sein sollen. Ich hatte kein Geld, ich wußte nicht einmal, was in aller Welt ich tun würde, wenn das Kind da wäre, und doch fühlte ich mich plötzlich auf jener Bank vollkommen glücklich. Ich habe oft daran gedacht und mich gefragt, ob das nicht vielleicht ein Streich war, der Frauen gespielt wird, die ein Kind erwarten – eine Art Glücksdroge.

Natürlich habe ich mir immer wieder gesagt, daß ich diese Menschen und das Haus idealisierte. Schließlich war ich nur von neun bis fünf oder sechs dort. Ich hatte nicht die geringste Vorstellung von dem Leben, das sie führten, wenn ich nicht da war. Ich wußte im Grunde nichts von ihnen. Ich erinnere mich, daß man einmal über Roboter sprach und Madame Bragadier sagte: »Man stelle sich vor, ein Roboter würde einem das Kleid hinten zuknöpfen. Diese Finger aus Stahl! *Quel horreur!*« Wenn man etwas oder jemanden idealisiert, sieht man dann vielleicht nicht etwas, was anderen Leuten entgeht? Wäre ich länger geblieben, so hätte ich vielleicht herausgefunden, daß sie ganz anders waren, als ich sie mir vorstellte. Aber ich bin mir sicher, daß ich das Haus nicht idealisierte.

Viel später, kurz nach dem Zweiten Weltkrieg, hörte ich in England beim Friseur, daß die Deutschen das Haus besetzt und alles, was darin war, gestohlen hatten, und ich war sehr traurig. Ich dachte an die lächelnde Madonna und sagte mir bitter, daß sie den Dieb ebenso sanft angelächelt hatte wie mich. Dann dachte ich, vielleicht war dies das ewige Lächeln, das ebenso die Zukunft wie die Vergangenheit und die Gegenwart ist.

Mein Sohn wurde ins Krankenhaus gebracht, als er gerade drei Wochen alt war. Es war, glaube ich, am Abend danach, als Jean und ich ein Streitgespräch führten, das sehr hitzig wurde. Mir lag sehr viel daran, daß er getauft würde. Das schien mir wirklich das Wichtigste auf der Welt. Jean war Atheist. Er sagte, er werde diesen ganzen Hokuspokus nicht dulden. Ich war immer noch ziemlich angegriffen, und mitten in der Diskussion begann ich zu weinen. Jean stürzte sofort aus dem Haus und wollte eine Flasche Champagner kaufen, um mich aufzuheitern. Er kam zurück mit zwei Flaschen und mit einer Frau, die er sehr gut kannte. Bis wir die erste Flasche geleert hatten, hatte ich meinen ganzen Kummer vergessen. Wir lachten alle.

Am nächsten Morgen bekam ich vom Krankenhaus die Nachricht, daß mein Sohn gestorben sei. Man gab mir die genaue Zeit an. Er lag im Sterben oder war bereits tot, während wir Champagner getrunken hatten. Ich ging in das Krankenhaus, das von Nonnen betrieben wurde. Meine erste Frage war: »Haben Sie ihn getauft, bevor er starb?« Die Nonne antwortete: »Ja, alle Kinder werden getauft, die man ins Spital bringt.« Es war erstaunlich, wie mich das tröstete, da ich mich ebenfalls für eine Atheistin oder vielleicht auch eine Agnostikerin gehalten hatte, doch anscheinend hatte ich zu jener Zeit völlig zu meinem Glauben an all die Dinge zurückgefunden, die mir im Kloster auf Dominica erzählt worden waren. Als ich weinte, war es zu einem Teil auch vor Erleichterung.

Die Nonne, mit der ich sprach, war sehr freundlich. Ich habe nie verstanden, warum so viele Leute Nonnen nicht mögen. Das ging mir nie so, im Gegenteil. In derselben Woche, glaube ich, bekam Jean eine Anstellung als Sekretär von Oberst Myaki, einem der beiden japanischen Offiziere der Alliierten Kommission.

Ich glaube, es war Anfang 1920, als die Kommission nach Wien ging. Es gab die Vertreter Italiens, Frankreichs, eine kleine britische Abordnung und zwei japanische Offiziere. Der Chef des ganzen Haufens war ein Italiener, General Zucchari. Als die Kommission nach Wien abreiste, durften die Ehefrauen und der sonstige Anhang nicht mitfahren. Wir mußten mehrere Wochen warten, bevor wir die Genehmigung zur Abreise erhielten. Also blieb ich allein in Paris zurück. Eine Zeitlang traf ich mich mit Germaine, dann reiste die Familie in die Bretagne. Weil ich mich so langweilte und mir so einsam vorkam, antwortete ich wieder auf eine Annonce, in der jemand gesucht wurde, der englisch sprach – diesmal mit einem kleinen Jungen.

Die Wohnung befand sich in der Avenue Wagram, und Madame und Monsieur waren noch beim Frühstück, als ich ankam. Der Anblick von Madame versetzte mich sehr in Erstaunen. Ich war an die völlig ungeschminkten Gesichter der Richelots gewöhnt. Die Dame des Hauses war im Gegensatz zu ihnen stark geschminkt und sehr hübsch. Sie trug einen japanischen Kimono und um die Taille einen echten Obi. Außerdem hatte sie japanische Pantoffeln an. Sie kam mir genau wie die Heldin von *Petite Madame* vor, einem sentimentalen Roman, der zu jener Zeit sehr populär war. Ihr Mann paßte sehr gut in das Bild. Er war groß und sah gutmütig aus; bald nach meinem Eintreffen verließ er das Haus, vermutlich, um ins Büro zu gehen. Madame (ich habe ihren Namen völlig vergessen) schien die Tatsache, daß ich bei den Richelots gearbeitet hatte, für eine ausreichende Empfehlung zu halten; sie lächelte mich an und schlug vor, mich sofort mit ihrem Sohn zusammenzubringen. Sie sprach gut englisch, doch mit einem unverkennbaren französischen Akzent. Auch der kleine Junge war ganz das Gegenteil von den Richelot-Kindern. »Er ist ein wenig schüchtern«, sagte seine Mutter zu mir. »Das legt sich, wenn er an Sie gewöhnt ist.«

Er war ein sehr schmächtiger, ernsthafter kleiner Junge und gab mir ohne zu lächeln die Hand. Er hatte die riesigen braunen Augen seiner Mutter. Nachdem wir uns eine Weile unterhalten hatten, verkündete Madame, sie müsse jetzt einkaufen gehen und lasse uns allein, damit wir uns anfreunden könnten. Das stellte sich allerdings als reichlich schwierig heraus. Es schien unmöglich, dem Jungen ein englisches Wort zu entlokken. Es gab ein paar englische Kinderbücher im Zimmer, und ich fragte ihn, ob ich ihm eine Geschichte vorlesen solle. Er gab keine Antwort, und ich nahm ein Buch aus dem Regal und las ihm daraus vor, doch er lächelte immer noch nicht. Er starrte mich an, halb mißtrauisch, halb ängstlich. Gegen elf kam eine rundliche, ausgeglichen wirkende Frau ins Zimmer – sein Kindermädchen, wie ich annahm – und sagte mir, um diese Zeit gehe er immer im Parc Monceau spazieren. Sie bat mich, rechtzeitig zum Mittagessen wieder dazusein, das früh, gegen halb eins, eingenommen wurde, und ich sagte, ja, ich sei rechtzeitig wieder zurück. So zogen wir

Hand in Hand los. Er schien ein wenig Zutrauen zu mir gefaßt zu haben.

Der Parc Monceau war gleich um die Ecke. Wir setzten uns auf eine Bank und redeten – oder vielmehr, er redete, in einem sehr französisch klingenden Englisch. Nach einer Weile schien er ganz gelöst. Ich erzählte ihm noch eine Geschichte. Wir gingen ein bißchen spazieren. Er lächelte sogar, und bald plauderte er drauflos, manchmal auf französisch, manchmal auf englisch. Immer wieder sagte ich zu ihm: »Versuch es auf englisch zu sagen, Jacques.« Mit der Zeit bekam ich Hunger und freute mich aufs Mittagessen. Jetzt muß es allmählich Zeit sein, dachte ich. Wir gingen auf das Tor zu, durch das wir, wie ich glaubte, hereingekommen waren. Er plauderte in einem fort, und an der Art, wie er meine Hand hielt, merkte ich, daß er keine Angst mehr vor mir hatte. Hinter dem Tor gingen wir nach rechts. Erst nach einiger Zeit merkte ich, daß ich die Straße, in der wir gingen, nicht wiedererkannte. Nach einer Weile wußte ich, daß wir irgendwann in die falsche Richtung gegangen waren. Ich versuchte, nonchalant zu sagen: »*Comme je suis bête!* Gehen wir lieber zurück zum Park und versuchen es noch einmal.« Er gab keine Antwort und sagte auch von sich aus nichts mehr. Wir gingen eine Weile, doch der Park schien verschwunden, und ich merkte, daß ich in einer Gegend war, die ich nicht kannte. Daran, wie sich seine Hand in der meinen anfühlte, konnte ich erkennen, daß er anfing, Angst zu bekommen und sich Sorgen zu machen, und bald begann er zu weinen, zuerst leise, dann immer lauter. Ich wollte ein Taxi nehmen, denn natürlich wußte ich die Adresse in der Avenue Wagram, doch dann ließ ich es sein, weil ich wußte, daß ich überhaupt kein Geld bei mir hatte und das Taxi nicht bezahlen könnte. Er weinte immer lauter, und die Passanten fingen an, uns anzustarren. Ich hoffte immer noch bei jeder Kreuzung, daß wir auf eine Straße treffen würden, die ich wiedererkennen könnte, doch vergebens. Alles wirkte immer unbekannter.

Ich merkte, daß ich mich hoffnungslos verlaufen hatte – ein Gefühl wie in einem Alptraum. Da beschloß ich, ein Taxi zu nehmen und jemand im Haus zu bitten, die Rechnung zu bezahlen, wenn wir bei der Wohnung angekommen wären. Ich hielt einen Wagen an, doch anstatt einzusteigen, schrie Jacques noch lauter als zuvor und rührte sich nicht von der Stelle. Der Taxifahrer sah uns beide sehr skeptisch an, und mein ganzes Französisch war wie weggeblasen. Ich brachte nur hervor: *»Nous sommes perdus.«* Schließlich hob der Fahrer Jacques hoch und setzte ihn in den Wagen. Jacques heulte und schrie den ganzen Weg bis zur Avenue Wagram. Ich versuchte, ihn zu beruhigen, indem ich sagte, bald sei er zu Hause, bald sei er wieder bei Mama. Das nutzte überhaupt nichts. Wir kamen in der Avenue Wagram an, ich klingelte, und die rundliche Frau, die ich zuvor schon gesehen hatte, machte auf und bezahlte das Taxi, ohne zu zögern. Sie sah nicht überrascht aus.

Als wir in der Wohnung waren, nahm sie Jacques in die Arme und bemühte sich, ihn zu beruhigen. Bald hatte er sich so weit beruhigt, daß er eine lange Geschichte erzählen konnte. Er sprach so schnell, daß ich nur sehr wenig verstand. Während die Frau zuhörte, wurde ihr Gesicht ernst. Zwei weitere Frauen tauchten auf, und alle knieten vor ihm hin und sahen mich von Zeit zu Zeit äußerst mißtrauisch an. Ich wollte ihnen alles erklären, aber inzwischen fiel mir kaum mehr ein französisches Wort ein, und ich tat, was ich meistens tue, wenn es brenzlig wird: ich rannte weg. Meinen Hut und den Mantel hatte ich noch an. Das Geld für die Metro hatte ich noch.

Bald war ich wieder in meinem Hotel. Ich verriegelte die Tür, und natürlich begann ich zu weinen. Danach raffte ich mich soweit auf, einen Brief an Madame Soundso zu schreiben und ihr zu erklären, was passiert war. Ich sagte auch, es gehe mir nicht besonders gut, und daher könne ich nicht mehr mit Jacques englische Konversation treiben. Heute muß ich manchmal lächeln, wenn ich daran denke, daß es in Paris einen Mann mittleren Alters, einen vielmehr sogar schon älteren Mann gibt, der unnötigerweise alles haßt, was englisch ist, und sich dunkel erinnert an eine dünne, schwarzgekleidete Engländerin, die ihn entführen wollte.

Bald war die Zeit meiner Abreise nach Wien gekommen. Die Richelots kehrten nach Paris zurück. Germaine lieh mir etwas Geld und kam vorbei, um mir bei meinen Besorgungen zu helfen. Sie riet mir jedoch, mit dem Kauf von Kleidern zu warten, bis ich nach Wien käme, da man sich in jedem Land, so erklärte sie, anders anziehe und es besser sei, zu sehen, was andere Frauen trügen, bevor man etwas kaufe. Von ihr erfuhr ich auch, daß man in Wien sehr gut Kleider kaufen könne, wenn es sich auch nicht mit Paris vergleichen ließe. Daher kaufte ich nur einen karierten Mantel, weil mein alter sehr schäbig war. Germaine und ihre Schwester begleiteten mich beide zum Orient-Express.

Wieder in Paris

Nachdem mein Mann aus der Kommission ausgeschieden war, landeten wir ziemlich abgebrannt wieder in Paris. Jean war sehr deprimiert, doch ich war nach wie vor optimistisch. Es fällt mir auf, daß ich das immer bin, wenn die Dinge sehr schlecht stehen. Was mich demoralisiert, das sind die langen, öden, eintönigen Zeitspannen, wenn nichts geschieht und die Zeit stehenzubleiben scheint, wie man so sagt. Wenn Jean drei Artikel schreiben würde, dachte ich mir also eines Tages, könnte ich sie übersetzen und einer englischen Zeitung oder einem Magazin anbieten. Ich dachte zuerst an die Pariser Ausgabe der *Daily Mail.*

Jean schrieb die Artikel. Der eine handelte von einem Chansonsänger aus dem Paris vor dem Krieg 1914/18, Aristide Briand. Ich fand den Artikel sehr interessant. Jeder *chansonnier* schrieb seine eigenen Lieder, den Text wie auch die Musik, und sang sie auch selbst. Im zweiten Artikel beschrieb er ein Haus auf dem Land, in dem er gern gelebt hätte. An den dritten erinnere ich mich nicht mehr.

Ich übersetzte die Texte und war zuversichtlich. Ich hatte ein einziges hübsches Kleid aus Wien mitgebracht (alle anderen hatte ich dortgelassen). Das zog ich an und brachte die Artikel ins Pariser Büro der *Daily Mail.* Wenn ich bedenke, wie mutig ich damals war, wird mir klar, daß ich ein völlig anderer Mensch gewesen sein muß. Zwei Männer waren in dem Büro. Der eine musterte mich argwöhnisch, doch der andere war nett. Der Nette sah sich die Artikel an und sagte mir, sie gefielen ihm, doch bekomme die Pariser Ausgabe der *Daily Mail* ihr ganzes Material von der Londoner Zentrale; hinzu kam nur eine Liste mit den Namen der Leute, die sich in den verschiedenen großen Hotels aufhielten.

Da fiel mir Mrs. Adam ein. Sie war die Frau des Pariser *Times*-Korrespondenten, und ich hatte sie in London bei einer Einladung zum Tee kennengelernt. Ich fragte den netteren der beiden Männer, ob er mir ihre Adresse geben könne. Er sagte: »Ja, sicher, ich habe gestern mit George Adam Golf gespielt. Sie wohnen in der Rue Taitbout.« Der Argwöhnische setzte eine mißbilligende Miene auf. Als ich schon unter der Tür war, rief mich der Nette zurück und sagte: »Also, wenn Sie nach Italien gehen würden, könnte ich Ihnen eine Stelle besorgen. Hätten Sie Lust, Korrespondentin der *Daily Mail* in Rom zu werden?« Ich dachte, er mache sich über mich lustig. »Aber ich gehe nicht nach Italien.« Er sagte: »Oh, es ist wirklich ganz einfach. Sie müssen nur herausfinden, wer in den großen Hotels abgestiegen ist. Die Geschäftsführer werden es Ihnen immer sagen. Dann veröffentlichen wir die Namen der Gäste in der Pariser Ausgabe der *Daily Mail.*« Ich sagte, ich sei meiner Ansicht nach dafür nicht geeignet, und so oder so hätte ich nicht im mindesten die Absicht, nach Italien zu gehen.

Ich beschloß, direkt in die Rue Taitbout zu fahren. Jetzt war ich doch sehr nervös, da ich Mrs. Adam nur ein einziges Mal begegnet war, und ich fragte mich, ob sie sich noch an mich erinnern würde. Es war eine sehr behagliche Wohnung, und ich saß auf einem bequemen Sofa, während sie sich die Artikel ansah. Dann sagte sie, sie finde sie gut, es würde jedoch nicht leicht sein, sie an englische Zeitungen zu verkaufen. Ich fragte, ob sie den Artikel über den *chansonnier* nicht interessant finde. »Diese Sänger waren sehr berühmt«, sagte ich. Sie sagte: »Ja, gewiß, aber leider interessieren sich die Engländer nicht für derlei Dinge in Paris. Ich will es versuchen, aber ich kann Ihnen nicht viel Hoffnung machen.«

Ich erklärte kurz, wie es dazu gekommen war, daß ich in Paris lebte. Während wir Tee tranken, fragte sie: »Haben Sie jemals selbst etwas geschrieben?« Ich dachte an die Schreibhefte, die ich jahrelang mit mir herumgetragen hatte, ohne je einen Blick hineinzuwerfen. Ich zögerte, weil ich sie immer noch niemandem zeigen wollte. Dann sagte ich mir, es sei doch dumm von mir, all das war vorbei, und ich hatte nicht die Absicht, je nach London zurückzukehren. Inzwischen war ich ein völlig anderer Mensch. Es wäre töricht, wenn ich mir die Chance entgehen ließe, ein bißchen Geld zu verdienen. Ich sagte: »Ja, ich hab' da etwas, was ich vor Jahren schrieb – ein Tagebuch, oder vielmehr, ich schrieb es in Form eines Tagebuchs.« »Ich würde es gern sehen«, sagte sie, und ich versprach, sie würde es am nächsten Tag bekommen.

Sie war sehr nett zu mir, fand ich. Sie war eine dicke, freundliche Frau, die sehr hübsch gewesen sein mußte, als sie jünger war. Es war sehr angenehm, wieder einmal auf einem richtig bequemen Sofa zu sitzen und Tee zu trinken.

Doch sobald ich die Wohnung verlassen hatte, widerstrebte es mir, irgend jemanden sehen zu lassen, was ich geschrieben hatte. Ich brachte zwar die Notizhefte am nächsten Tag in die Rue Taitbout, doch anstatt in Mrs. Adams Wohnung im zweiten Stock zu gehen, hinterließ ich sie bei der Concierge. Ich konnte mir vorstellen, daß Mrs. Adam wahrscheinlich eine Menge Manuskripte und Briefe bekam, und wenn meine Hefte untergehen würden, nun ja, das wäre dann Schicksal und hätte nichts mit mir zu tun.

Am nächsten Tag bekam ich einen *pneumatique,* in dem sie sagte, es gefalle ihr, was ich geschrieben hätte, und ob ich wieder bei ihr vorbeikommen würde? Als ich sie wiedersah, fragte sie mich, ob ich etwas dagegen hätte, daß sie es mit der Maschine abschrieb und es einem Mann namens Ford Madox Ford schickte, der eine kleine Zeitung veröffentlichte, *The Transatlantic Review.* Sie sagte, Ford Madox Ford sei der brillante Herausgeber der *English Review* gewesen, einer Londoner Zeitschrift, und er sei dafür berühmt, daß er junge Autoren entdecke und unterstütze. »Es macht Ihnen doch nichts aus, wenn ich beim Abschreiben Teile davon abändere, nicht wahr?« sagte sie. »Es ist hier und da vielleicht etwas naiv.« Ich sagte, nein, es mache mir überhaupt nichts aus, wenn sie etwas ändere.

Ich sagte mir, sie sei eine erfahrene Journalistin und müsse besser Bescheid wissen als ich. Als sie mir jedoch das abgeschriebene Manuskript zeigte, das sie *Triple Sec* betitelt hatte, gefiel es mir nicht so recht. Sie hatte es in verschiedene Kapitel unterteilt, und jedes war mit dem Namen eines Mannes überschrieben. Es wurde an Ford geschickt. Ich behielt die Notizhefte, und etliche Jahre später begann ich eines Tages, wieder darin zu lesen. Sie fingen an, mich zu interessieren, und daraus entstand dann schließlich *Voyage in the Dark*.

Aus einem Tagebuch: Im Ropemakers' Arms

Jean Rhys hatte den Text mit dem Titel »Aus einem Tagebuch« zusammen mit dem übrigen Material für ihre Autobiographie eingeordnet, da sie ihn darin verwenden wollte, falls sie eine geeignete Stelle fände. Sie hatte vor ihrem Tode noch gehofft, mit dieser Arbeit so weit zu kommen, daß sie das Tagebuch auf eine sie befriedigende Weise darin einfügen könnte. So weit kam es jedoch nicht mehr.

Es sollte als Anhang zu den unvollendeten Erinnerungen und nicht so sehr als Teil davon betrachtet werden.

* *arms* (Wappen, Ladenschild): in England häufig Bestandteil eines Wirtshausnamens; Ropemakers' Arms: Zum Ladenschild des Seilers (Anm. d. Übers.).

Aus einem Tagebuch: Im Ropemakers' Arms

(Als ich eine Zeitlang von Max getrennt lebte, wohnte ich über einem Pub in Maidstone und schrieb dort Tagebuch in ein kleines braunes Schreibheft. Das war in den vierziger Jahren. Dies ist ein Auszug aus dem Tagebuch.

Sterben vor dem eigentlichen Tod.

Diesmal darf ich keine Zeile ausstreichen. Keine Korrektur, kein langes Überlegen. Es muß heruntergeschrieben werden. Schon jetzt habe ich große Angst. Ich besitze kein einziges der Instrumente meines Gewerbes. Keine Bleistifte, keinen Bleistiftspitzer, nichts zu trinken. Sprung aus dem Stand.

Das Verhör von Jean Rhys

Jemand erzählte mir, daß der Patient, die Versuchsperson, der Gefangene, wie immer man ihn nennen will, nach langen Foltern jede Frage mit »Ich weiß nicht« beantwortet.

N. B. Sag es so genau wie möglich. Niemand hat es dir erzählt. Du hast es in einem Film gesehen. Versteht sich.

Hat Ihnen vielleicht jemand erzählt, das sei wahr?

Niemand mußte es mir erzählen. Ich weiß, daß es wahr ist.

Dann wissen Sie also immer noch manche Dinge?

Ja.

Also war Ihre erste Behauptung nicht richtig?

Nein.

(Wer fragt eigentlich diese Fragen? Der Vertreter der Anklage. Und wird es einen Verteidiger geben? Ich glaube, ja. Und einen Richter? Ich weiß es nicht.)

Gestern im Kino, auf dem Platz zu einem Schilling und drei Pence, sah das Übliche. Päng. Päng. Was, du schmutziger Verräter. Päng. Päng. Ich kann keine Schießereien mehr sehen. Es ist eine komische Art der ... Ich kann mich nicht mehr an das Wort erinnern. Betäubung [anodyne]. Was für ein wunderschönes Wort. Betäubung. Im Dunkeln sitzen auf dem Platz zu einem Schilling und drei Pence. Päng, Päng. Revolverschüsse. Umgeben von kleinen Jungen, plärrenden Säuglingen, dicken Müttern, Rentnern. Ein kleiner Junge, nachdem sich zwei im Film lange unterhalten haben: »Ich will wissen, was die Frau gesagt hat.« Mutter: »Weiß nicht, Schätzchen.« Der kleine Junge: »Was hat der Mann gesagt, Mama?« Mutter: »Du bist still, oder du kriegst eins hinter die Ohren.« Das kannst du mit mir nicht machen, du schmutziger Verräter.

ZITATE

»Les plus désespérés sont les chants les plus beaux

Et j'en sais d'immortels qui sont des purs sanglots.« *

Es bringt mich nicht mehr zum Weinen.

Etwas, was immer noch fortdauert?

Warte, noch eins.

»Ihr sucht eine neue Welt. Ich weiß von einer, die stets neu ist, da sie ewig ist. O Konquistadoren, Eroberer der beiden Amerika, mein ist ein Vorzug, der schwieriger, heroischer ist als eurer. Um den Preis von tausend Leiden, schlimmer als die euren. Um den Preis eines langen Sterbens vor dem eigentlichen Tod werde ich diese Welt erobern, die ewig neu, ewig jung ist. Habt den Mut, mir zu folgen, und ihr werdet sehen.« Meditationen? Die heilige Theresa.

Keine Zitate mehr. Paul Morand sagt in einem seiner Bücher, daß englische Romanciers immer mit einem Zitat beginnen. Der Bibeltext vor der Predigt. Das fand ich witzig.

Fortsetzung des Verhörs

Glauben Sie an Gott?

Ich weiß nicht.

An die Liebe zu den Menschen?

Ja.

Immer noch?

Ja.

An die Menschlichkeit?

Nein.

Wie können Sie an die Liebe zu den Menschen glauben, aber nicht an die Menschlichkeit?

* Aus: »La nuit de Mai« von Alfred de Musset.

Weil ich glaube, daß Menschen manchmal über sich selbst hinauswachsen können.

Aber hören Sie, das ist wirklich schlimm. Fällt Ihnen nichts Besseres ein?

Schweigen.

In Wirklichkeit meinen Sie, daß Menschen von etwas außerhalb ihrer selbst, etwas Größerem ergriffen, in Besitz genommen werden können, und daß sich dies zum Beispiel in der Liebe äußern kann. Dann, meine Liebe, müssen Sie an Gott glauben oder an Götter, an den Teufel, an die ganze Trickkiste.

Nein, so meine ich es nicht.

Wie denn dann?

Ich kann es nicht sagen. Ich habe keine Worte dafür.

Sagen Sie's.

Ich kann nicht.

Sie müssen.

Es ist in mir selbst.

Was?

Alles. Gutes, Böses, Liebe, Haß, Leben, Tod, Schönheit, Häßlichkeit.

Gilt das für jeden?

Ich kenne nicht »jeden«. Ich kenne nur mich.

Wie ist es mit anderen?

Ich kenne sie nicht. Für mich sehen sie aus wie wandelnde Bäume.

VERTRETER DER ANKLAGE: *Da hätten wir's! Es hat nicht lange gebraucht, wie?*

VERTEIDIGER: *Einspruch!*

STIMME: *Dem Einspruch wird stattgegeben.*

VERTEIDIGER: *Jesus sagte – wenigstens heißt es so –, das Reich Gottes ist in dir selbst.*

Das haben Sie doch gemeint, oder nicht?

Ja, vielleicht, ich weiß nicht.

VERTRETER DER ANKLAGE: *Wohin führt das alles? Was soll das? Ich bin der Ansicht, daß die Beweisaufnahme bereits abgeschlossen ist. Mitglieder der Jury –*

VERTEIDIGER: *Einspruch!*

STIMME: *Dem Einspruch wird stattgegeben.*

VERTEIDIGER: *Haben Sie in Ihrer Jugend viel Liebe und großes Mitglied für andere empfunden?*

Ja, ich glaube schon.

Besonders für die Armen und Unglücklichen?

Ja.

Waren Sie imstande, das zu zeigen?

Ich glaube, nicht immer. Ich war sehr unbeholfen. Niemand hat es mir gesagt.

Was?

Niemand hat mir irgend etwas gesagt, was von Bedeutung gewesen wäre.

VERTRETER DER ANKLAGE: *Natürlich eine Ausrede! Oder ist es etwa keine Ausrede?*

Es ist die Wahrheit.

VERTRETER DER ANKLAGE: *Ich nehme an, Sie werden zugeben, daß es schwierig ist, über die Dinge zu sprechen, die von Bedeutung sind?*

Ja.

Vielleicht unmöglich?

Vielleicht, in manchen Fällen.

VERTEIDIGER: *Es entspricht doch nicht der Wahrheit,*

daß Sie kühl und reserviert sind?

Es entspricht nicht der Wahrheit.

VERTEIDIGER: *Haben Sie sich große Mühe gegeben, mit anderen Leuten, sagen wir, in Kontakt zu kommen? Ich denke an Freundschaften, Liebesbeziehungen und so weiter.*

Ja. Freundschaften nicht in diesem Maße.

Ist es Ihnen gelungen?

Manchmal. Für eine gewisse Zeit.

War es nicht von Dauer?

Nein.

Wessen Schuld war das?

Meine, vermute ich.

Sie vermuten?

Schweigen.

Eine bessere Antwort.

Ich bin müde. Ich habe alles zu spät gelernt. Alles war immer einen Schritt weiter als ich.

Der Satz heißt nicht: »Ich weiß nicht«, sondern: »Dazu habe ich nichts zu sagen.«

Das Problem ist, daß ich eine Menge zu sagen habe. Und nicht nur das, sondern ich bin auch gezwungen, es zu sagen.

Gezwungen?

Ich muß es sagen.

Warum? Warum? Warum?

Ich muß schreiben. Wenn ich aufhöre zu schreiben, dann war mein Leben ein hoffnungsloser Fehlschlag. In den Augen anderer Leute ist es das bereits. Aber es könnte auch ein hoffnungsloser Fehlschlag in meinen eigenen Augen sein. Ich werde mir den Tod nicht verdient haben.

Den Tod nicht verdient?

Manchmal, nicht oft, klingt mir ein Satz deutlich in den Ohren, so, als habe ihn jemand laut ausgesprochen. Das war so ein Satz. Du mußt dir den Tod verdienen.

Eine Belohnung?

Ja.

Gibt es irgendeinen anderen Satz?

Ja. Dir wird geholfen werden.

Sie sind sich natürlich bewußt, daß das, was Sie schreiben, kindisch ist, daß es bereits gesagt worden ist. Außerdem ist es in Anbetracht der Umstände gefährlich.

Ja, das meiste ist kindisch. Aber ich habe so lange Zeit nicht geschrieben, daß ich mich nur noch zum Schreiben zwingen kann, zum Schreiben. Ich muß darauf vertrauen, daß daraus das Muster entstehen wird, die Spur, die man verfolgen kann.

Warum ist all das gefährlich?

Weil ich des Wahnsinns bezichtigt worden bin. Aber wenn alles in mir selbst ist, Gutes, Böses und so weiter, dann muß auch Stärke in mir sein, wenn ich weiß, wie ich sie erlangen kann.

Ist das der Weg?

Ich glaube schon.

Nun gut, aber passen Sie verdammt gut auf, daß Sie dieses Buch nicht herumliegen lassen.

Hier, im Ropemakers' Arms, habe ich ein kleines Wohnzimmer. Es herrscht eine friedliche Atmosphäre in dem Raum. Nichts stört, außer den schwarzen Elefanten auf dem Kaminsims. Es sind drei große und zwei kleine. Nicht einmal *sie* stören. Sie sind erträglich, wirken allerdings mit ihren hängenden Rüsseln sehr schwarz und düster vor dem dunkelbraunen Holz.

Da ist in der Mitte ein Tisch mit einem weißen Tuch darauf, ein rechteckiger Tisch. Um ihn herum stehen drei Stühle. Da ist ein sehr bequemer Sessel, der weder wuchtig noch formlos ist, eher eine Art Chaiselongue mit zwei Kissen darauf. Da ist ein hohes, schmales Büfett. Mir gefällt dieses Möbelstück, und ich habe mich oft gefragt, ob es ein altes oder ein gutes Stück ist. Vermutlich nicht; ich verstehe nichts von solchen Dingen. Hinter mir, über Eck stehend, ein Geschirrschrank. Er war leer, doch ich habe ein paar Sachen hineingestellt, meine Whiskykaraffe (sie ist leer, ach du meine Güte!), meinen Becher aus der Zeit Edwards VIII., einen Porzellankrug mit blauen Blumen. Die Wände sind beige, das Linoleum ist in einem dunkleren Beige. Da sind drei unscheinbare Teppiche. Alles ist sehr sauber. Das Fenster ist groß, und dahinter kann ich die Straße sehen, ein Stück von dem Haus gegenüber und einen großen Kastanienbaum. Die unansehnlichen kleinen Häuser und Straßen wirken sehr ordentlich. Das Haus gegenüber sieht allerdings nicht unansehnlich aus. Die Stufen, die zum Eingang führen, sind weiß, die Tür ist weiß, das Dach ist spitz. An der Wand neben dem Fenster hängt ein Bild in einem grauen Rahmen; es zeigt eine Frau in einer weißen Bluse, mit dunklem Haar und einem kleinen, glatten Gesicht. Sie fällt hier nicht auf, auch sie ist unscheinbar. Ein Geschenk des Künstlers, möchte ich meinen. Ja, und dann gibt es noch einen niedrigen Schrank für Lebensmittel. Verglichen mit manchen Wohnungen, in denen ich vorher gelebt habe, ist dieser Raum paradiesisch. Meine letzte Wirtin schien direkt einer Schaubude entsprungen.

Nachteile. Von drei bis ungefähr halb sechs scheint die Sonne direkt ins Zimmer. Es ist heiß, und wenn ich die Vorhänge zuziehe, deren Rot nicht sehr schön ist, wird das Licht, das durch sie hindurchdringt, häßlich, stumpf, glanzlos. Um diese Zeit fangen auch die Schulkinder an, herumzukrakeelen. Ganz in der Nähe ist eine Schule. Ich bin ihnen so nahe, daß es mir vorkommt, als hielten sie sich neben meinem Sessel auf. Sie stören mich nicht besonders, sie sind völlig mit sich selbst beschäftigt und können mich hinter dem dünnen Vorhang nicht sehen. Schade, daß ihre Stimmen so grauenhaft sind. Ich habe es immer verabscheut, Cockney zu hören, schon vom ersten Tag an, aber ich kenne viele Leute, die es faszinierend finden. Ich nicht. Für mich liegt in dem Klang etwas Gemeines, auch etwas Grausames. Das liegt natürlich daran, daß ich in London unglücklich gewesen bin. Aber so ist es nun eben.

Überlegung. Oh, wie wohltuend Wörter sein können. Es ist wie ein beständiger Schmerz, nein, eher wie ein unangenehmer Reiz, der einen sekkiert, dieses Gefühl gegenüber England und den Engländern. Natürlich ist es enttäuschte Liebe. Dennoch kann ich mich bis zum Wahnsinn ärgern über ihre Scheinheiligkeit, ihre Selbstgefälligkeit, ihren unsäglichen Humor und dieses stupide . . . ach Gott, ach Gott. Na gut, Schluß damit. Das ist ein englisches Zimmer in einem englischen Pub. Das ist ein englischer Baum, und alle Bücher, die ich lese, sind englische Bücher. O.k. O.k. Das treibt mich im Walzertakt in mein Schlafzimmer.

(Die Umgebung, in der ich lebe, ist ungeheuer wichtig für mich, und das war schon immer so, aber nun ist das alles, was ich habe. Der Tisch, der Stuhl, der Baum vor dem Fenster, mein Bett eine Treppe höher, das ist alles, was ich habe.)

Zuerst fand ich mein Schlafzimmer abscheulich. Man sieht auf den Hinterhof und auf die Toilette des Pubs. Es gibt noch mehr Hinterhöfe, und alle sind sie montags, dienstags, mittwochs mit Wäsche vollgehängt, und alle andern Tage auch. Unser Hinterhof hat eine Hecke mit kleinen roten Rosen zu bieten, zu roten, zu dornigen knallroten kleinen Rosen. Mein Zimmer ist klein und vollgestopft mit Möbeln – Waschtisch, Ankleidetisch und so weiter; dann kommt noch mein Schrankkoffer hinzu, so daß ich mich kaum rühren kann. Wenn ich früh am Morgen aufwache, scheint ein grelles Licht durch die Vorhänge. Das Bett ist so hart, daß mir alles weh tut. Ich erwache mit dem Gedanken: »Laß das ewige Licht leuchten über ihr.« Was für ein schreckliches Gebet, nie wieder will ich es aufsagen. Laß das ewige Licht gleißen über ihr. Ich erwache mit diesem Gedanken, der sich bereits in meinem Kopf geformt hat, erwache beim Klang von Frauenstimmen im

Hinterhof (oder vielmehr in den Hinterhöfen), wache auf mit einer Verzweiflung, die sich in wahnwitzigen Ärger verwandelt, weil eine der Frauen zu singen beginnt. Sie singt amerikanische Lieder und versucht dabei, amerikanisch zu klingen; sie ist die Schwiegertochter des Hauses. Dieses entsetzliche Schluchzen, das mitten im Takt abbricht und das sie von irgend jemandem aufgeschnappt hat. O lieber Gott, denke ich, mach, daß sie aufhört. Dann fange ich an, über englische Stimmen nachzudenken. Er hatte einen saftigen Akzent, sagen sie – was meinen sie eigentlich mit »saftig«? Bemüht? Wohltönend? Kräftig? Ich glaube nicht, daß sie wissen, was sie meinen. Von einem Franzosen sagen sie, er spreche »theatralisch«. Warum sollte es theatralisch klingen, wenn ein Franzose einen französischen Akzent hat? Und wie klingt es, wenn *Sie* französisch sprechen? möchte ich gern sagen. Ich versuche, mich abzulenken, indem ich nach dem richtigen Wort suche. Schäbig? Verkniffen? Sabbernd? Nein, ich habe Franzosen sagen hören, Engländer sprächen »kehlig«, als hätten sie den Mund voller Kiesel. Taugt alles nichts. Dann die Erleichterung: ich habe das Wort in der Rundfunkkritik von Giles Romilly im *Observer* gelesen. »Subamerikanisch«, das stimmt genau. Jetzt kann ich zuhören, ohne daß ich gleich losschreien möchte. Ihr Subamerikaner ihr, und alles ist in Ordnung. Ich kann mich entspannen. Wenn ich dieser Frau begegne, merke ich natürlich, daß sie, als Frau, viel mehr taugt als ich. Dieses Mädchen, das so grauenhaft jault, ist addrett, sauber und arbeitet schwer, sie ist nicht hübsch, aber sie hat eine hübsche, schlanke Figur. Sie läuft unbeschwert die Treppe hinauf und hinunter, ohne das Geländer zu berühren. Sie ist leichtfüßig und leichtherzig! Wie auch immer, es hat mir jedenfalls gefallen, wie sie »Unter den Brücken« sang. Das ist ein schicksalhaftes Lied. Ich werde jetzt aufstehen, mich anziehen und den ganzen Tag mit dieser Melodie im Kopf herumlaufen. »Sing also, sing auch du, um Ordnung in deine Gedanken zu bringen.«

Das Schlafzimmer finde ich jetzt nicht mehr allzu abscheulich; die Wirtin hat mir eine Federmatratze besorgt, und ich schlafe gut. Ich habe gelernt, wie ich die Vorhänge zumachen muß, so daß ich mich anziehen kann, ohne daß mir jemand dabei zusieht. Abends kommt eine Zeit, wenn die Hinterhöfe verlassen sind. Es ist kühl hier oben, und das Licht ist freundlich. Die Rosen sehen schöner aus und auch die Wäsche. Es ist ruhig und still, die Familien sind im Pub.

Die Wirtin dieses Pubs gefällt mir besonders. Sie ist groß, jedoch nicht zu dick, und sie besitzt sehr viel ruhige, unbewußte Würde. Außerdem hat sie ein gutes Herz. Als ich einmal von meinem täglichen Spaziergang zurückkehrte, sah ich ein paar Bücher auf dem Tisch verstreut. Ich betrachtete sie, als die Wirtin ins Zimmer kam. Ich sah es ihr sofort an, daß sie die Bücher gekauft hatte. Als ich mich bei ihr bedankte, sagte sie, es gebe einen Stand auf dem Markt, wo gebrauchte Bücher verkauft würden. Es war eins dabei über Lucrezia Borgia, von dem ich annahm, ich würde gut darüber einschlafen können. Alles ist mir recht, wenn es mich nur vom Denken abhält. Ich glaube nicht, daß die Schwiegertochter und die Wirtin gut miteinander auskommen, allerdings glaube ich schon, daß die Wirtin sich behaupten wird. Manchmal singt auch ihr Sohn, der Ehemann. Er singt: »An allem war deine Eifersucht schu-u-uld, dein Verbrechen war deine wahnsinnige Eifersu-u-ucht.« Das scheint sie sehr zu ärgern. Wenn ich von meiner Wohnung spreche, von meiner Vermieterin und von meinem Vermieter, berühre ich immer Holz. Ich kann nicht glauben, daß es wahr ist, daß nicht irgend etwas schiefgehen wird. Ich bin immer noch mißtrauisch, vorsichtig. Jetzt reicht es, jetzt ist es Zeit zu schlafen. Von der Straße tönt Lärm herauf, mein nettes Wohnzimmer ist heiß und stickig, die Elefanten erheben sich bedrohlich auf dem Kaminsims.

Über England und die Engländer

Mich an dieses Thema zu klammern, wenn ich heute über das Licht schreiben will. Licht, nicht grellen Glanz. Über Augenblicke in meinem Leben. Diesem Leben, das so bald vorüber sein wird.

Ich habe selten andere Schriftsteller getroffen. Ein paar in Paris. Ford natürlich. Und noch seltener in England. Darauf kommt es überhaupt nicht an, denn alles, worauf es bei einem Schriftsteller ankommt, steht in seinem Buch oder seinen Büchern. Es ist idiotisch, neugierig auf die Person zu sein. Diesen Fehler habe ich nie gemacht. Worum geht's denn bei dem Ganzen? Nun, sage ich mir, ich muß meinen Weg ertasten. Und das tust du verdammt schlecht. Fang von vorn an. Jack war es, der Schriftsteller, der mir sagte, mein Haß auf England sei verhinderte Liebe. Ich sagte, vielleicht enttäuschte Liebe.

Ich schwöre, daß ich an jenem frühen Morgen, als ich in Southampton aus dem Bullauge sah und das schmutzige graue Wasser betrachtete, daß ich da einen Augenblick lang all das wußte, was mir zustoßen würde.

Nun, und was hattest du erwartet?

Nicht das, was ich sah.

Wie warst du damals?

An meinem nächsten Geburtstag würde ich siebzehn Jahre alt werden. Ich hatte bis dahin mein ganzes Leben auf Dominica verbracht, mit einer Ausnahme ... Wie unbeholfen ich schreibe! Fang von vorn an. Ich hatte meine Insel einmal verlassen, als ich ungefähr zwölf war. Ich ging nach St. Lucia, dort war ich Brautjungfer bei der Hochzeit meines Onkels. Nachts fuhren wir an Martinique vorbei. Meine Tante Be, die Zwillingsschwester meiner Mutter, weckte mich, damit ich die Trois Pitons sah. Am Morgen waren wir in Castries. Es war eine glückliche Zeit, Sonne, Hähnekrähen (hier gibt es *fer de lances,* sei vorsichtig), ein Mungo. Mein weißes Brautjungfernkleid und mein zu glattes Haar. O lieber Gott, mach, daß ich hübsch bin, wenn ich groß sein werde. Bitte, bitte, lieber Gott. Mr. Kennoway hält mich nicht für hübsch. Er ist Engländer. Er hat so einen bestimmten Blick, wenn er mich ansieht. Ein hübsches kleines Mädchen ist sie nicht.

Ich lieb' ein süßes kleines Mädchen,
nur eine, nur eine.
Ich treff' sie jeden Morgen, es regne oder scheine,
es regne oder scheine.
Zu zweit gehn wir zur Arbeit, so froh,
wie es nur geht.
Sie ist achtzehn, ich bin bald zwanzig,
demnächst, demnächst.
Wir haben nicht viel Geld, sie und ich,
sie und ich.
Es gibt bloß zwei Fliegen im Honig.
Bloß ein kleines Mädchen und mich.

Ja, das war die einzige Reise, die ich außerdem noch gemacht habe. Jetzt bin ich fast siebzehn, und da ist England, England, England.

Wenn du ehrlich bist – warst du damals traurig?

Nein.

Enttäuscht?

Ich wußte es nicht.

Also was dann?

Ich habe kein einziges Mal gedacht, das ist schön, das ist großartig, das ist, was ich erhofft, was ich ersehnt habe.

War das zu erwarten gewesen?

Warum hatte ich dann in Paris dieses Gefühl?

Du warst älter, viel älter.

Soviel weniger leicht zu beeindrucken.

Glaubst du, daß du gleich am Anfang Furcht und Abneigung empfunden hast?

Nein, das kam später. Ich empfand nur – also, ich schlief einfach dauernd ein. Jeder war erzürnt. Die Kathedrale von St. Paul fand ich kahl und langweilig und protestantisch, die Westminster Abbey zu überladen. Ich hatte Durst und bat um eisgekühltes Wasser. Meine englische Tante ärgerte sich sehr. Das Theater war für mich eine schreckliche Enttäuschung. Ich dachte, die Kulissen seien real, denn das hatte man mir erzählt, aber dann sah ich, wie sich der Hintergrund bewegte. Er war bloß gemalt.

Später bekam ich zu spüren, daß die meisten Engländer Messer unter der Zunge versteckt hatten, um mich zu erstechen. Keiner hatte mich gewarnt. Keiner hatte es mir gesagt. Ich mußte alles selbst herausfinden. Zehn Jahre waren vergeudet, ehe ich fortging. Zehn Jahre, von siebzehn bist fast siebenundzwanzig, können eine lange Zeit sein.

Aber hör mal, hat dir denn nichts gefallen?

Doch, einmal sah ich eine sehr hübsche Dame im Park. Sie war so, wie ich es mir vorgestellt hatte.

Reich?

Ja.

Respektabel?

Ich glaube schon. Ich bin mir sicher. Sie wirkte so behütet. Ich meine, beschützt.

Und die Männer, die du sahst?

Manchmal sah ich auch Männer in London. Wenn ich auf der Straße an ihnen vorbeiging, war ich immer nervös und verschüchtert, weil ich sie schön fand. Mir gefiel die Art, wie sie so stolz daherkamen.

Kannst du dich an einen erinnern?

Ja, ich glaube, ich erinnere mich an einen mit schrägen Augen und rotem Haar.

Rotem Haar?

Ja, es war ein ganz dunkles Rot, ein Braunrot. Deshalb bin ich mir sicher, daß ich ihn wirklich gesehen habe, denn rotes Haar gefällt mir nicht besonders. Und trotzdem, dieser Mann irgendwo in der Gegend vom Piccadilly, ich kann mich nicht mehr erinnern . . . Aber London selbst verabscheute ich. Auch Cambridge.

Gab es nichts, was dir gefiel?

Doch, die Kathedrale von Ely.

Und die Kapelle in King's College?

Nein, damals nicht. Die Orgel gefiel mir.

Und die Parkanlagen?

Nein. Damals nicht. Später. Nicht am Anfang. Ja, es gab eine Brücke, die mir gefiel. Ich glaube, sie war in der Nähe von St. John's College. Ich glaube, man sagte mir, sie sei eine Kopie der Seufzerbrücke.

Und das ist alles, was du Gutes über England sagen kannst?

Warte. Das Theater. Der Geruch von Fettschminke. Ich war nicht glücklich. Die Fahrt durch Brokenhurst. *Hier gefällt es mir.* Eine nette Vermieterin in Devonshire. In Weymouth hat es mir gefallen. Auch in Hastings, aber ich kann mich nicht mehr erinnern, warum. Kalt, kalt, kalt. Zum Essen zähes Rindfleisch. Die Mädchen mögen mich nicht besonders, aber das ist nicht der Grund. Die Garderobiere kann mich nicht ausstehen. »Ein Baby bekommen, das ist gräßlich.« Ich kann sie nicht ausstehen. Bei ihrem Anblick bekomme ich eine Gänsehaut. Fettes Scheusal. Nach der dritten Tournee wird es erst richtig schlimm. Die Kälte, die Kälte, die Kälte. Aber ich habe noch nicht klein beigegeben. Ich weine mich noch nicht in den Schlaf.

Irgendwann, eines Tages.

Ich sehe etwas Großes, etwas Vornehmes in Ihrer Hand. Das sagte die Wahrsagerin, die zu uns in die Garderobe kam. Ich war angenehm berührt, doch nicht überrascht. Ich weiß. Aber was? Wie? Wo? Oh, ich darf es nicht verpassen. Ich muß bereit sein. Aber wie? Wie? An meinem nächsten Geburtstag bin ich neunzehn. Und was ist, wenn ich es verpasse?

Das wirst du nicht.

Aber wenn ich es doch verpasse?

Siehst du? Du bist zu ungeduldig.

Ja.

Und was war mit England?

Manchmal wurden wir ausgeführt, zu einer Ausfahrt, einer Spazierfahrt, wie immer man dazu sagt. »Ich kenne einen, der hat ein Auto.«

Wir?

Ich wohnte meistens mit einem anderen Mädchen zusammen. Wenn wir auf Tournee waren, wohnten wir zu dritt.

Und weiter?

Manchmal fuhren wir an einem großen Haus, an einem schönen Garten vorbei. Aber meistens waren es Wälder, Bäume, auch glänzendgrüne Felder. Wälder und Alleen.

So?

Ich erkannte sie wieder.

Aus Beschreibungen in Büchern, die du gelesen hattest?

Ich glaube schon. Aber es schien irgendwie noch vertrauter. Ich *kannte* sie. Dies, ja, dies ist England. Doch wir fuhren nur vorbei. Ich hatte ein merkwürdiges Erlebnis. Ich lernte einen Mann namens Mainwaring kennen. Das war sein richtiger Name. Einen gewissen Oberst Mainwaring, der mich adoptieren wollte.

Dich adoptieren?

Das hat er gesagt.

Dich adoptieren?

So hat er sich ausgedrückt. Er hat mich mehrere Male besucht. Zu meinem Geburtstag schenkte er mir ein Armband. Ich brachte es ins Pfandhaus und bekam dafür fünf Pfund. Manchmal küßte er mich, aber nur ganz behutsam. Er sagte, er würde mich nach Italien mitnehmen.

Dich adoptieren?

Das hat er gesagt. Ich habe mich oft gefragt, was das zu bedeuten hatte.

Und was geschah dann?

Ich habe den anderen kennengelernt und sah den Oberst nie wieder, antwortete auch nicht auf seine Briefe.

Ja und dann?

Danach habe ich angefangen, London zu hassen, England zu hassen.

Es zu fürchten, meinst du?

Vielleicht. Aber ich habe es auch gehaßt. Keiner war je freundlich zu mir. Ich wußte nichts, gar nichts. Weder über mich selbst noch über andere Menschen. Nichts.

Aber du hattest nicht alle Hoffnung aufgegeben?

Bloß weil ich beschlossen hatte, aus England wegzugehen: so sehr haßte ich es.

Nach Paris?

An Paris hab' ich nie gedacht. Ich wollte nach New York.

Auf welche Weise?

Mit einem Engagement als Revuetänzerin.

Und was kam dazwischen?

Der Krieg von 1914.

Du hast also England ohne Bedauern verlassen?

Ohne das geringste Bedauern. Ich schwor mir, daß mich nichts je wieder zurückbrächte. Keine Mühsal. Keine Traurigkeit. Nichts. Dabei hätte ich bleiben sollen.

Hölle und Himmel

Die Hölle jener, die suchen, für etwas kämpfen, rebellieren. Der Himmel jener, die nicht denken können oder das Denken vermeiden, jener, die keine Phantasie haben.

Dann ist die Frage, wie kannst du wissen, daß sie keine Phantasie haben? Wenn sie welche haben und trotzdem tun, was sie tun, dann sind sie wahrhaftig verdammt.

Mea culpa, mea maxima culpa.

Todsünden

Stolz, Zorn, Begierde, Trunkenheit??, Verzweiflung, Hoffart (Hybris), Trägheit, Selbstsucht, Eitelkeit – sie hören gar nicht auf –, Herzenskälte. Doch der letzten Sünde habe ich mich nicht schuldig gemacht. Aller andern, ja.

Lässliche Sünden

Bosheit, Heimtücke, Neid, Geiz, Dummheit, Zaghaftigkeit, Grausamkeit und Völlerei.

Ich kann das alles nicht länger ertragen.

Meinst du, daß du dich der läßlichen Sünden nicht schuldig gemacht hast?

Nun ja, was heißt hier nicht schuldig!

Anhang

Jean Rhys und ihre Autobiographie

Einige Jahre vor ihrem Tod am 14. Mai 1979 begann Jean Rhys die Niederschrift eines autobiographischen Buchs zu erwägen. Der Plan reizte sie zwar nicht besonders, doch weil es sie manchmal verärgerte und kränkte, was andere Leute über sie schrieben, wollte sie die Fakten zu Papier bringen.

So etwas zu schreiben lag ihr wenig. Wenn sie einen Roman schrieb, dann deshalb, weil sie nicht anders konnte, und sie schrieb ihn – oder »es drängte sich ihr auf« – für sich selbst, nicht für andere, insofern das Schreiben zumindest teilweise eine therapeutische Funktion hatte. Sie schildert ihre erste Erfahrung mit diesem Prozeß im vorliegenden Buch, und bei ihren anderen Werken erging es ihr mehr oder weniger genauso; allerdings kam dann immer noch eine umfangreiche, langwierige, sorgfältige und völlig bewußte Bearbeitung hinzu, die im Kapitel »Das Ende der Welt und ein neuer Anfang« nicht beschrieben wird, da sie den Roman, von dem dort die Rede ist, erst später auf diese Weise redigierte. Wenn einmal ein Roman von ihr Besitz ergriffen hatte, diktierte ihr dieser die eigene Form und Atmosphäre, und sie konnte sich darauf verlassen, daß ihr untrüglicher Instinkt ihr eingab, was ihre Personen innerhalb des vorgegebenen Rahmens sagen und tun würden. In einer Darstellung von Fakten mußte sie sich auf ihr Gedächtnis verlassen, nicht auf ihren Instinkt, und das beunruhigte sie. Ihre Ehrlichkeit war ungewöhnlich kompromißlos, und daher war sie der Überzeugung, daß sie in einem solchen Buch ausschließlich Dialoge verwenden konnte, an die sie sich mit Gewißheit erinnerte. Wie aber konnte sie gewiß sein, abgesehen von einigen wenigen Fällen?

Ein schwerwiegenderes Problem bestand darin, daß viel von ihrem Leben bereits in den Romanen »aufgebraucht« worden war. Sie waren nicht in jeder Einzelheit autobiographisch, wie manche Leser vermuten, aber autobiographisch waren sie mit Sicherheit, und ihre therapeutische Funktion war die Austreibung des Unglücks. Als Jean Rhys in einem Radio-Interview gefragt wurde, ob sie am Ende die Männer gehaßt habe, antwortete sie ganz entsetzt: »Aber nein!« Der Interviewer sagte, das überrasche ihn, denn das Unglück in ihrem Leben rühre doch wohl größtenteils von Männern her. Jean antwortete, der Grund dafür, daß dieser Eindruck habe entstehen können, sei vielleicht darin zu suchen, daß sie sich die traurigen Phasen ihres Lebens von der Seele geschrieben habe. Nachdem sie sich einmal etwas von der Seele geschrieben habe, sagte sie, sei das erledigt gewesen, und sie habe von vorn beginnen können. Ein Großteil des Materials, das sie für einen autobiographischen Text in Betracht ziehen mußte, war auf diese Weise bereits verwendet worden, und folglich wäre ein Aufarbeiten des restlichen Stoffs unerträglich mühselig gewesen.

Die Lösung, zu der sie sich langsam vorarbeitete, bestand darin, daß sie sich nicht um eine fortlaufende Geschichte bemühen, sondern die Vergangenheit hier und da aufgreifen wollte, an Punkten, wo sie sich gerade zu Vignetten kristallisierte. Die Erzählungen in *Sleep it off, Lady* und ihre Zusammenstellung in chronologischer Reihenfolge bildeten eine Annäherung an diese Methode, obwohl sie erst nach der Niederschrift erkannte, daß man auf diese Weise damit verfahren konnte. Drei Jahre vor ihrem Tod begann sie planmäßig, für das vorliegende Buch solche Vignetten zusammenzustellen.

Inzwischen war sie sechsundachtzig, und das Alter setzte ihr sehr zu. Infolge eines Herzleidens war sie bei der geringsten Anstrengung rasch erschöpft, so daß sie nur ein oder zwei Stunden hintereinander arbeiten konnte und langer Erholungspausen bedurfte; außerdem waren ihre Hände so verkrüppelt, daß sie kaum imstande war, eine Feder zu benutzen. Ein Tonbandgerät betrachtete sie als eine Erfindung von nachgerade aufdringlicher Feindseligkeit, so daß nur noch die Möglichkeit blieb, den Text jemandem zu diktieren – ein schwieriges Unterfangen für einen Menschen, der so diskret war wie Jean Rhys. Zum Glück gelang es ihr, verständnisvolle Helfer zu finden – dazu gehörte insbesondere ihr Freund David Plante, der Romancier. In den Wintern 1976, 1977 und 1978, die sie, wie schon in früheren Jahren, in London verbrachte, widmete er der

Niederschrift dessen, was sie ihm diktierte, eine Menge Zeit und bemühte sich voller Takt und Zuneigung, das Geschriebene abzutippen, es mit ihr zu besprechen und es ihr noch einmal vorzulesen, damit sie Änderungen anbringen konnte. Sie akzeptierte auch seinen Rat, was die Anordnung eines Teils des Materials betraf. Ohne ihn hätte sie den ersten Teil des Buchs nicht so vollenden können, wie sie es dann schließlich tat, und hätte auch nicht damit begonnen, das Material für den zweiten Teil zu ordnen.

Der erste Teil ist der Bericht über ihre Kindheit in Dominica, dem sie den Titel *lächeln, bitte* gab. Darin werden die Vignetten miteinander verknüpft, so daß sich, statt einzelner Szenen, eher ein impressionistisches Bild jener Jahre als Ganzes ergibt. Und aus dem Beginn der fragmentarischen Fortsetzung des Buchs läßt sich ersehen, daß sie von den einzelnen Vignetten zunehmend zu einer kontinuierlichen Schreibweise fand.

Wenn ich sage, daß Jean Rhys den ersten Teil des Buchs vollendete, sollte ich eigentlich hinzufügen, daß sie, kaum hatte sie mir das Manuskript mit einem Begleitbrief geschickt, in dem sie schrieb, nun sei es glücklich fertig, in einem nächsten Brief das Gesagte zurücknahm: Natürlich bedurfte das Buch noch einer gewissen Überarbeitung. Wir kamen daher überein, wenn sie in ungefähr sechs Wochen nach London kommen würde, wie sie es vorhatte, das Manuskript gemeinsam durchzugehen, so daß sie ihm den letzten Schliff geben konnte. Der Sturz, der zu ihrem Tod führte, ereignete sich zwei Tage, bevor diese Reise stattfinden sollte.

Ich bin mir sicher, daß Jean Rhys hier und da ein paar Worte geändert und andere weggelassen hätte, doch ich zweifle ebensowenig daran, daß dies nur selten vorgekommen wäre. Ich glaube, das behaupten zu können, weil ich ihre Lektorin bei *Sargassomeer* und *Sleep it off, Lady* war, und weil ich mit Leuten sprach, die sie aus der Zeit kannten, als sie an ihren früheren Büchern arbeitete. Meine eigene Erfahrung und die Aussagen anderer überzeugten mich, daß Jean Rhys keinen Text aus der Hand gab, bevor er, von winzigen Details abgesehen, vollendet war. Ein Beispiel für ihren Perfektionismus: Ein paar Jahre nach der Veröffentlichung von *Sargassomeer* sagte sie zu mir aus heiterem Himmel: »Etwas habe ich Sie immer schon fragen wollen. Warum ließen sie zu, daß ich dieses Buch publizierte?« Hier ist eine Randbemerkung notwendig. Sie war eine Autorin, die sich an ihren Lektor wandte – eine Autorin, die durch ungewöhnlich gute Manieren eingeschränkt wurde. Denn »Warum ließen Sie es zu?« muß eigentlich verstanden werden als »Warum haben Sie mich dazu genötigt?« – übrigens eine unfaire Bezichtigung. Ich fragte sie entrüstet, was in aller Welt sie damit meine. »Es ist noch nicht fertig«, sagte sie kühl. Dann verwies sie auf zwei überflüssige Worte in dem Buch. Das eine war »dann«, das andere »ganz«.

Ich war nicht unaufrichtig, als ich mich dafür entschuldigte, daß ich diese zwei Worte übersehen hatte. Eine so exemplarische Stilistin wie Jean Rhys hat das Recht, unermüdliche Aufmerksamkeit von einem Lektor zu erwarten. Daher bitte ich sie nun um Verzeihung für die überflüssigen Wörter, die möglicherweise in der Autobiographie stehengeblieben sind – obwohl ich zögern würde, sie zu tilgen, selbst wenn mir welche auffielen, nun, da sie nicht mehr hier ist und ihre Einwilligung geben kann.

Die zweite Hälfte dieses Bandes, dem ich den Titel *Allmählich wurde es kälter* gegeben habe, besteht aus Material, das nicht den Anspruch erhebt, abgeschlossen zu sein. Letztlich ist es ein Teil – und nur ein Teil – dessen, was Jean Rhys sagen wollte, in Form von ersten Entwürfen oder von Notizen, die zu ersten Entwürfen werden sollten und die im Jahre 1923 aufhören, kurz bevor sie Ford Madox Ford begegnete und, durch ihn ermuntert, im Hinblick auf eine Veröffentlichung zu schreiben begann. Sie beabsichtigte, dieses Material zu überarbeiten, wenn sie sich nach dem Abschluß von *Lächeln, bitte* wieder erholt hätte, doch ihre zunehmende Hinfälligkeit im letzten Winter ihres Lebens verhinderte dies. Einen handschriftlichen Anhang mit dem Titel »Aus einem Tagebuch« hatte sie ungefähr dreißig Jahre lang aufbewahrt. Als die gemeinsame Arbeit mit David Plante vor dem Abschluß stand, holte sie es wieder aus der Versenkung, in der Hoffnung, es in das Buch einfügen zu können, wenn sie eine Möglichkeit dazu fände. Ein kleiner Teil dessen, was sie diktierte, ist so bruchstückhaft, daß es nur verwirrt hätte, und ihn habe ich ausgelassen. Da ein Teil des Materials in zwei Fassungen vorlag – wobei die zweite, über die sie sich mit David Plante geeinigt hatte, der ersten vorzuziehen war –, erlaubte ich mir in einem Fall – bei der Stelle auf S. 148, wo es über das Annehmen von Geld geht –, auf ein paar Worte aus der ersten Fassung zurückzugreifen; den Witz über Schauspieler und Fische (S. 134) plazierte ich an eine Stelle, wo er sich besser einzufügen schien; und häufig änderte ich die Interpunktion ab, die sich aus dem Rhythmus des Diktierens ergeben hatte, um sie der Interpunktion auszugleichen, die für ihre übrige Prosa charakteristisch ist. Hier und da verzichtete ich auf Wörter wie »sehr«, »ganz« oder »Ich dachte«, da ich mir sicher war, Jean wäre genauso verfahren, hätte sie die betreffende Stelle noch redigieren können.

Sie kam nicht mehr dazu, in diesem zweiten Teil des Buchs, das ihr Leben nach ihrer Ankunft in England im Alter von sechzehn Jahren behandelt, etliche Dinge so, wie sie es beabsichtigt hatte, richtigzustellen. Daß eine solche Richtigstellung manchmal erforderlich ist, ergibt sich daraus, daß ihre Romane so offenkundig autobiographisch sind, daß manche Leser sie für autobiographischer halten, als sie in Wirklichkeit sind. Ein typisches Beispiel dafür steht in einem der Nachrufe auf sie, in dem behauptet wird, Jean Lenglet, ihr erster Mann, sei wegen Diebstahl eingesperrt gewesen. Stephan Zelli in *Quartett* wurde wegen Diebstahl eingesperrt – nicht Jean Lenglet. Als die holländische Polizei ihn 1923 verhaftete und ihn in sein Heimatland Holland auswies, wurde ihm nicht Diebstahl zur Last gelegt, sondern ein Vergehen gegen die Devisenbestimmungen (in Jean Rhys' Augen eine »wirklich sehr unfaire« Bezichtigung, »da es jedermann tat«) und die illegale Einreise nach Frankreich.

Was Jean Rhys über das Verhältnis zwischen ihrer Biographie und ihren Romanen zu äußern pflegte, bestätigt nur, was die meisten Schriftsteller und Literaturwissenschaftler für selbstverständlich halten, doch vielleicht lohnt es, hier noch einmal daran zu erinnern. Alles, was sie jemals schrieb, pflegte sie zu sagen, sei aus etwas entstanden, was sich ereignet hatte, und ihr erstes Anliegen war, es so genau wie möglich niederzuschreiben. Doch gleichzeitig sagte sie: »Ich habe für die Form viel übrig«, oder auch: »Ein Roman muß eine Form haben, das Leben aber hat keine.« Wenn der Roman in sich stimmte, nahm er sehr bald eine eigene Form an (sie schien das Gefühl zu haben, der Roman und nicht sie bestimme diese Form). Dann war sie gezwungen, Dinge auszulassen, die sich ereignet hatten, oder andere hinzuzufügen; hier etwas zu betonen und dort etwas abzuschwächen – dies alles geschah, um der Gestalt und dem Wesen des Kunstwerks zu entsprechen, das sich aus der ursprünglichen Erfahrung entwickelte. Jean Rhys wurde von diesem Prozeß nie sehr weit über ihre Erfahrung hinausgeführt – in der Tat war die Treue zum Kern dieser Erfahrung von großer Bedeutung für die therapeutische Funktion des Werks wie auch für dessen Wert für andere –, doch er führte sie immerhin so weit, daß Fallen für die Unachtsamen stehenblieben. Fehlschlüsse, die aufgrund des (scheinbaren) Beweismaterials, das die Romane lieferten, gezogen wurden, mögen kaum zu entschuldigen sein, verständlich sind sie allemal. Dies gilt jedoch weniger für waghalsige Vermutungen. So gibt es zum Beispiel in Arthur Mizeners Biographie über Ford Madox Ford eine Fußnote, von der Jean Rhys meinte, sie suggeriere, daß sie ein Kind von Ford gehabt habe. Sie hatte zwei Kinder, und der Vater von beiden war Jean Lenglet: einen Sohn, der 1920 geboren wurde und bald nach der Geburt starb, und eine 1922 geborene Tochter, die heute noch lebt.

Aus Gesprächen mit Jean weiß ich, daß sie in der Autobiographie erwähnen wollte, daß Jean Lenglet der Vater ihrer beiden Kinder war; und ich schließe aus anderen Dingen, die sie mir gegenüber äußerte, daß es sie sehr bekümmert hätte, ihn als Dieb beschrieben zu wissen. Was sie darüber hinaus noch im Sinne einer Richtigstellung zu sagen beabsichtigt hatte, weiß ich nicht. Ich kam jedoch mit ihrer Tochter und einigen Jean Rhys nahestehenden Freunden überein, daß folgender kurzer Lebenslauf eine nützliche Ergänzung zu *Allmählich wurde es kälter* sein könnte.

1890 (?) Geburt von Ella Gwendolen Rees Williams, die verschiedene andere Namen benutzen sollte, bevor sie sich endgültig für das Pseudonym Jean Rhys entschloß. Über ihr tatsächliches Alter besteht Unklarheit, da sie es ungern preisgab. Das Datum 1894, das in *Who's Who* angeführt ist, hat sie selbst angegeben. Auf einem alten Paß ist jedoch 1890 eingetragen, und ein inzwischen verstorbener Cousin von ihr erwähnte mir gegenüber einmal, daß sie als Kinder oft darüber gesprochen hätte, daß sie »zehn Jahre älter als das Jahrhundert« sei.

1907 verließ sie Dominica, um die Perse School in Cambridge zu besuchen, wo sie nur ein Semester verbrachte.

1908 brach sie die Schulausbildung ab, um an die »Academy of Dramatic Art« zu gehen (damals noch nicht als RADA bekannt, da sie noch nicht in den Rang einer »Royal Academy« erhoben war). Tod des Vaters. Abbruch der Akademie-Ausbildung, Anfänge beim Revuetheater.

1909 Erste Liebesaffäre, die achtzehn Monate dauerte.

1919 Abreise nach Holland, um Jean Lenglet zu heiraten.

1920 Geburt des Sohnes William, der drei Wochen später starb.

1922 Geburt der Tochter Maryvonne, die heute noch lebt.

1923 Verhaftung von Jean Lenglet wegen illegaler Einreise nach Frankreich und Vergehens gegen die Devisenbestimmungen zu der Zeit, als er sich in Wien aufhielt. Er hatte dort im März 1920 einen Posten bei der Alliierten Abrüstungskommission angetreten, und Jean Rhys hatte mehrere Monate mit ihm in Wien und in Budapest verbracht. Jean Lenglet wurde nach Holland ausgewiesen.

1927 Begegnung mit Leslie Tilden Smith.

1932 Scheidung von Jean Lenglet. Eheschließung mit Leslie Tilden Smith. Von den folgenden sechs

Jahren sagte ihre Tochter: »Sie vereinbarten, daß ich in Holland auf die Schule gehen sollte, wobei sowohl mein Vater als meine Mutter für mich aufkamen. Die Ferien verbrachte ich bei meiner Mutter – es war wunderbar, alles war da, was ein Kind sich nur wünschen konnte: Bücher, Ballett, Musik, Pantomime, Zirkus; im Sommer zelteten wir, reisten mit dem Wohnwagen umher, fuhren in die Sommerfrische an die Themse. Dieses Arrangement dauerte an bis zum Ausbruch des Kriegs, als ich es vorzog, nach Holland zurückzugehen.«

1945 Tod von Leslie Tilden Smith.

1947 Eheschließung mit Max Hamer.

1953 Übersiedlung mit Max Hamer nach Cornwall.

1956 Übersiedlung nach Cheriton FitzPaine in Devonshire, wo sie den Rest ihres Lebens verbrachte.

1964 Tod Max Hamers.

1979 Tod von Ella Gewendolen Hamer, Jean Rhys, am 14. Mai.

Zur Editionsgeschichte der Bücher von Jean Rhys

Hier die kurze Zusammenfassung einer schon oft wiedergebenen Geschichte, die aufgenommen wurde, da sie für Leser, die erst in neuerer Zeit zum Werk von Jean Rhys gefunden haben, von Interesse sein könnte. Sie veröffentlichte fünf Bücher vor dem Zweiten Weltkrieg, die zwar von Kritikern bewundert wurden, bei einem größeren Publikum jedoch nur geringen Eindruck hinterließen. Nach der Publikation von *Guten Morgen, Mitternacht* (1939) verschwand sie aus der literarischen Szene (der sie nie augenfällig »angehört« hatte) so vollständig, daß sie für tot gehalten wurde. Bei Kriegsende erinnerten sich nur noch wenige an ihre Bücher; einer, der sich noch an sie erinnerte, Francis Wyndham, arbeitete jedoch einige Zeit als literarischer Berater für André Deutsch [den Verlag, der heute das Gesamtwerk von Jean Rhys publiziert] und machte mich auf die Bücher aufmerksam. Ich werde nie vergessen, wie ich Jean Rhys' Stimme zum erstenmal in den alten Ausgaben von *Guten Morgen*, *Mitternacht* und *Voyage in the Dark* vernahm, die mir Francis im Jahre 1955, wenn ich mich recht erinnere, geliehen hatte.

Francis Wyndham war es auch, der in *Radio Times*

las, daß die BBC mit Hilfe einer Anzeige im Zusammenhang mit einer Funkbearbeitung von *Guten Morgen, Mitternacht* Informationen über Jean Rhys gesucht hatte, und daß sie selbst auf die Annonce geantwortet hatte. Er machte ihre Adresse ausfindig und schrieb ihr, wie sehr er ihr Werk bewundere. Sie ließ ihn wissen, daß sie an einem neuen Roman arbeite, *Sargassomeer* (den Titel hatte sie damals allerdings noch nicht gefunden), worauf er sie im Auftrag von André Deutsch um eine Option für dieses Buch bat. Zu diesem Zeitpunkt – es war im Mai 1957 – schrieb ich den ersten der vielen Briefe, die Jean und ich im Lauf der Jahre wechseln sollten. Ich schlug vor, daß wir nach der Publikation des neuen Romans ein paar oder alle ihre früheren Bücher veröffentlichen würden, wenn alles gut gehe.

Sieben Jahre vergingen, bevor *Sargassomeer* so weit vollendet war, daß Jean Rhys sich bereit erklärte, das Manuskript nach London zu bringen und einer Stenotypistin die zwei oder drei winzigen Änderungen zu erklären, die sie noch zu machen wünschte. Es hatte so lange gedauert, weil ihr Mann erkrankt und ihr Leben so schwierig geworden war, daß sie oft nicht zum Schreiben kam. Ich wußte aus ihren Briefen, wie nahe sie der Verzweiflung gewesen war; und ich wußte, da ich die Manuskriptteile zur Stenotypistin gegeben hatte, wie erfolgreich sie gegen diese Verzweiflung angekämpft hatte. Daher bewegte mich die Aussicht auf dieses Treffen außerordentlich. Wir planten, das Ereignis beim Mittagessen mit einer Flasche Champagner zu feiern.

Statt dessen mußten wir gemeinsam im Krankenwagen ins Hospital fahren. Kaum war Jean in London angekommen, als sie einen Herzanfall erlitt.

Die vierzehn Jahre ihres Lebens, die ihr noch blieben, war ihre Gesundheit angegriffen, und die ersten zwei Jahre nach dem Herzanfall war sie so geschwächt und niedergeschlagen, daß sie sich nicht in der Lage sah, selbst die geringfügige Arbeit an *Sargassomeer* auszuführen, die noch zu leisten war.

Diese Zeit war für uns, ihren Verlag, recht frustrierend. Wir hatten das Manuskript eines wunderschönen Romans in Händen, von dem nur die Autorin glaubte, er sei noch unvollendet, doch ich hatte ihr versprechen müssen, ich würde es weder publizieren noch publizieren lassen, bevor sie ihre Einwilligung dazu gab.

Als sie diese schließlich erteilte, geschah es aufgrund eines Traums. Sie schrieb mir, sie habe immer wieder denselben Traum gehabt, in dem sie zu ihrem Entsetzen schwanger gewesen sei. Dann träumte sie wieder, doch diesmal war das Kind geboren, und sie betrachtete es, wie es in der Wiege lag – »so ein kümmerliches schwaches Ding. Demnach muß das Buch abgeschlossen sein, und wahrscheinlich denke ich das auch in Wirklichkeit. Jetzt träume ich nicht mehr davon.«

Sargassomeer wurde sowohl vom Publikum als von der Kritik enthusiastisch aufgenommen. Es erhielt den »W. H. Smith Literary Award« und einen Preis der »Royal Society of Literature«; im Anschluß an diese Veröffentlichung wurden alle ihre früheren Bücher wiederaufgelegt, mit Ausnahme von *The Left Bank*.

1978 erhielt Jean Rhys den Orden »Commander of the British Empire« für ihre Verdienste um die Literatur.

Die Anerkennung kam spät – zu spät, um ihr noch nachhaltiges Vergnügen zu bereiten, obwohl sie über die bescheidene finanzielle Sicherheit, die damit verbunden war, froh war. Viele der Formen, die diese Anerkennung annahm, waren ihr nicht wichtig. Die Anerkennung, die einem Künstler am meisten bedeutet, kommt ihm aus den eigenen Reihen, und für Jean Rhys war dieser Kreis klein. Man kann nur hoffen, daß sie am Ende eine private Befriedigung daraus zog, daß sie sich so ganz und gar, um ihre eigenen Worte zu gebrauchen, den Tod verdient hatte.

Die Werke von Jean Rhys in der Reihenfolge ihres ersten Erscheinens

(Verlagsort bei den englischen Ausgaben ist in allen Fällen London.)

The Left Bank: sketches and studies of present-day Bohemian Paris, Cape, 1927. Die Skizzen, die Jean Rhys wiederaufzulegen wünschte, sind in *Tigers are Better Looking* enthalten (siehe unten).

Postures, Chatto & Windus, 1928. Neuauflage unter dem Titel *Quartet*: André Deutsch, 1969 [Deutsche Erstveröffentlichung: *Quartett,* Rogner & Bernhard, München 1978].

After Leaving Mr Mackenzie, Cape, 1930. Neuauflage: André Deutsch, 1969 [*Nach der Trennung von Mr. Mackenzie,* Rogner & Bernhard, 1981].

Voyage in the Dark, Constable, 1934. Neuauflage:

André Deutsch, 1967.

Good Morning, Midnight, Constable, 1939. Neuauflage: André Deutsch, 1967 [*Guten Morgen, Mitternacht,* Hoffmann und Campe, Hamburg 1969].

Wide Sargasso Sea, André Deutsch, 1966 [*Sargassomeer,* Rogner & Bernhard, 1980].

Tigers are Better Looking, André Deutsch, 1968. Erzählungen, die unter anderem eine Auswahl aus *The Left Bank* enthalten. Eine Auswahl erschien auf deutsch bei Hoffmann und Campe.

Sleep it off, Lady, André Deutsch, 1976.

Jean Rhys übersetzte auch zwei Bücher aus dem Französischen. Das eine, *Perversity* von Francis Carco, erschien 1928 bei P. Cocivi in Chicago. Der Verlag gab Ford Madox Ford als Übersetzer an, doch hatte dieser Jean Rhys nur den Auftrag verschafft. Damals ärgerte sie sich darüber, doch später pflegte sie ganz fröhlich darüber zu sprechen und meinte, Fords Name habe vermutlich mehr Leser angezogen als der ihre.

Der andere Titel war *Barred* von Edward de Nève, einem Pseudonym von Jean Lenglet; das Buch wurde 1932 von Desmond Harmsworth verlegt. Dieser Roman beruhte auf denselben Ereignissen wie *Quartett.* Jean Rhys hatte einen ausgesprochenen Sinn für das, was »fair« und was »unfair« war – diese Wörter tauchen bei ihr häufig auf. Sie äußerte sich mir gegenüber, sie habe es »nur für fair gehalten«, daß die romanhaft verfremdete Version, die ihr Mann von denselben Ereignissen gab, ebenso zugänglich sei wie die ihre, und sie gab sich große Mühe, einen Verleger für ihre Übersetzung des Buchs zu finden. Sie erzählte auch, sie habe der Versuchung nachgegeben, ein paar – sehr wenige – Sätze zu streichen, die über sie gesagt wurden und die sie für »zu unfair« hielt.

Diana Athill
Mai 1979

In deutscher Ausgabe liegen vor:

Jean Rhys

Nach der Trennung von Mr. Mackenzie

Roman

Aus dem Englischen von Anna Leube

214 Seiten. Gebunden

Sargassomeer

Roman

Aus dem Englischen von Anna Leube

224 Seiten. Gebunden

Quartett

Roman

Aus dem Englischen von Michaela Missen

234 Seiten. Gebunden

Rogner & Bernhard